슬픔이 나를
집어삼키지 않게

슬픔이 나를 집어삼키지 않게

초판 1쇄 인쇄 2019년 8월 14일
초판 1쇄 발행 2019년 8월 21일

지은이 제니 재거펠드 옮긴이 황덕령

펴낸이 이상순 주간 서인찬 편집장 박윤주 제작이사 이상광
기획편집 이세원 박월 김한솔 최은정 이주미 디자인 유영준 이민정
마케팅홍보 이병구 신희용 김경민 경영지원 고은정

펴낸곳 (주)도서출판 아름다운사람들
주소 (10881) 경기도 파주시 회동길 103
대표전화 (031) 8074-0082 팩스 (031) 955-1083
이메일 books777@naver.com 홈페이지 www.books114.net

리듬문고는 (주)도서출판 아름다운사람들의 청소년 브랜드입니다.

ISBN 978-89-6513-562-3 43850

Comedy Queen

이 도서의 국립중앙도서관 출판예정도서목록(CIP)은 서지정보유통지원시스템(http://seoji.nl.go.kr)과
국가자료종합목록구축시스템(http://kolis-net.nl.go.kr)에서 이용하실 수 있습니다. (CIP제어번호 : CIP2019028768)

파본은 구입하신 서점에서 교환해 드립니다.

슬픔이 나를
집어삼키지 않게

제니 재거펠드 지음
황덕령 옮김

차례

초특급 유머 감각 · · · · · · · · · · · · · · · · · · · 08

웃기고 성가신 것들 · · · · · · · · · · · · · · · · 12

쿠키도우 · 21

살아남기 위해 해야 할 일곱 가지 · · · · · · · · · · · 28

머리 자르기 소동 · · · · · · · · · · · · · · · · · · 31

열두 번째 생일 · 45

나 ♥ 멜타 · 57

눈물을 밀어 넣는 방법 · · · · · · · · · · · · · · · · 70

사람 마음이 바뀔 수 있는 거죠! · · · · · · · · · · · · · 74

밝고 정상적인 · 84

회색 직사각형 · 94

유쾌하지 않은 자기 계발 대화 · · · · · · · · · · · · 98

해리포터는 불평하지 않았다 · · · · · · · · · · · · · 116

엉망이 된 첫 발표 · · · · · · · · · · · · · · · · 120

거울에 글을 쓰다 · · · · · · · · · · · · · · · · 126

코미디언 헨릭 · · · · · · · · · · · · · · · · · · 128

진짜로 미친 게 뭔지 보여 줘? · · · · · · · · · · · · · · · · · · · 144

남겨 둘 것, 버릴 것, 남 줄 것 · · · · · · · · · · · · · · · · · 154

나더러 재킷을 고치라고? · · · · · · · · · · · · · · · · 161

화가 나고 비정상인 · · · · · · · · · · · · · · · · · 166

틀렸고, 틀렸고, 틀렸어 · · · · · · · · · · · · · · · · · · 177

작은 흑마술 · 179

코미디 퀸의 데뷔 · · · · · · · · · · · · · · · · · · 193

눈물 · 205

영원히 당신을 사랑해요 · 207

다스 베이더의 비밀 · · · · · · · · · · · · · · · · · · 214

웃으라고 하지 마! · · · · · · · · · · · · · · · · · 222

나를 집에 데려가 줘 · · · · · · · · · · · · · · · 232

심장에 강아지 어택 · · · · · · · · · · · · · · · 236

퍼지 · 243

엄마는 널 하늘만큼 땅만큼 사랑해 · · · · · · · · · 249

초특급 유머 감각

엄마가 '뼛속부터 웃긴 사람들'이 있다는 이야기를 한 적이 있다. 아마도 태어날 때부터 남을 웃기는 감각을 타고난 사람들이라는 뜻일 것이다. 개그로 만들어졌다고나 할까.

엄마가 말하길, 웃기려고 태어난 그런 사람들은 아무리 형편없는 농담을 해도 사람들을 웃길 수 있다고 했다. 아니, 농담을 할 필요도 없다. 그런 사람들은 그냥 "우유 좀 건네 줘."라고만 해도 사람들이 키득키득 웃기 시작한다는 것이다. 그들이 무지하게 웃기는 재능을 타고났기 때문이다.

두 번째 부류는 '웃기는 법을 노력해서 익힌 사람들'이다. 재미있는 이야기나 개그를 수집하고, 농담이 어떻게 구성되는지를 배워서 연습하고 또 연습하는 것이다. 이들은 수많은 연습을 통해 사람들이 어떤 것에 웃고 반응을 보이는지 등을 파악해 나간다.

또 세 번째 부류가 있는데, '전혀 웃기지 못하는 사람들'이다. 그들은 아무리 노력해도 웃기지 못한다. (우리 반 담임인 세실리아 선생님이 이 부류에 속한다고 말할 수 있다.)

부디 나한테도 뼛속부터 웃기는 초특급 유머 감각이 있었으면 좋겠다. 힘들이지 않아도 사람들을 웃길 수 있는 그런 사람이라면 얼마나 좋을까. 교실 앞으로 나가서 "우리 아빠가 미술관에 나를 데리고 갔는데 마치 코를 후벼 파는 것처럼 흥미로웠다고나 할까?" 이렇게 말하면 반 아이들이 "하하하하." 하고 박장대소를 하는 것이다.

배를 움켜쥐고 몸을 반으로 접은 채 너무 크게 오래 웃어 대서 배가 아플 지경이 되겠지. 그들은 웃음 폭격에 쓰러지면서도 중간중간 이렇게 말할 것이다.

"사샤, 그만해…… 웃겨 죽겠어!"

말은 그렇게 해도 사실 아이들은 내가 계속하기를 바라고 나 역시 그만둘 생각이 없다. 이때 중요한 건 내가 그렇게 웃기는 이야기를 하는 중에도 정작 나는 눈곱만큼도 웃지 않아야 한다는 점이다. 나는 웃음기 한 톨 없는 무표정한 얼굴로 이렇게 말하는 거다.

"미술관에서 그림 하나를 봤는데 꼭 누군가가 페인트 통을 실수로 엎질러 놓은 것 같더라고. 진짜로 누가 화장실이 급해서 뛰어가던 길에 발밑에 놓여 있던 페인트 통을 찬 것 같았다니까. 근데 우리 아빠는 그 엉터리 그림을 보면서 완전 근엄한 목소리로 '이 화가가 여기서 말하고자 하는 건 말이지, 그러니깐 그가 인간이기 위해 어떻게 투쟁하는지를 보여 주고 싶었던 거란다……' 이러더라고. 그래서 나는 이렇게 말했지 '정말요? 제가 보기엔 화가이기 위해 어떻게 투쟁하고 있는지 보여 주는 것 같은데요?'"

빵!

여기서 다들 빵 터지는 거다. 모두들 앉아 있던 의자에서 굴러떨어지며 웃어 댄다. 심지어 세실리아 선생님까지도! 더 이상 말은 못하고 바닥을 구르면서 깔깔 웃어 대는 거다.

하지만 안타깝게도 내 유머 감각이 그 정도로 초특급은 아닌 것 같다. 태생부터 유머 감각을 타고나지는 않았단 말이다. 긍정적으로 생각하자면, 다행히 나는 전혀 웃기지 못하는 세 번째 부류에 속하지도 않는다. 내가 말한 어떤 부분에서 사람들이 웃는 경우가 분명히 있단 말이다. (그게 뭔지 작성해 나가야겠다.) 난 두 번째 부류다. 유머를 배우고 익힐 수 있는.

아, 그렇지만 난 초특급 유머 감각을 갖고 싶다. 언젠가는 그렇게 될 것이다. 가능하다고 본다. 타고나지는 않았지만 노력으로 말이다. 내 계획은 조금씩 조금씩 내 반쪽짜리 유머 감각을 초특급 유머 감각으로 업그레이드하는 것이다. 난 꽤 목표 의식이 뚜렷한 사람이다. 그러고 보니 아빠가 난 목표의식이 엉뚱한 곳을 향해서 문제라고 했다. 이를테면 학업에 목표를 둬야 한다는 것이다. 지금 이 순간에도 아빠는 부엌을 서성거리며 내가 지각과 지구의 내핵에 대해 충분히 배우지 못했다고 중얼거리고 있다. 죄송하지만 아빠, 전 그런 건 중요하지 않다고 생각해요. 지각의 여러 층에 대한 지식이 있느냐 없느냐에 따라 내 인생이 달라질 것 같은 그런 상황은 도무지 떠올릴 수 없거든요. 백 번 양보해서 그런 상황이 온다고 해도 "헬로우, 구글!" 하면 될 것이고.

반대로 내가 초특급 유머 감각을 성취하느냐 마느냐에 내 인생이 달린 것은 맞다. 과장이 아니다. 사실이다. 정말 인생이 달린 일이다.

웃기고 성가신 것들

세실리아 선생님은 교탁 앞에 서서 본인이 이야기하고 있는 것이 세상에서 제일 재미있다는 듯, 완전히 감격한 목소리로 지각에 대해 설명하고 있었다.

"지각은 5에서 70킬로미터의 두께로 되어 있어!"

선생님 옆에 있는 흰색 프로젝트 화면 위에 반으로 잘린 지구의 단면 그림이 비치고 있었다. 지구의 중심부에는 흰색의 핵이 있고, 그 다음으로 오렌지색과 빨간색의 빛을 뿜는 영역이 있었다. 맨 위쪽이 지각이다. 그 그림에서는 지구가 별로 대단해 보이지 않았다. 마치 밝고 다양한 색을 띤 탱탱볼 같았다. 우리가 어릿광대가 디자인한 것 같은 행성에 살고 있다고 생각하니 살짝 소름이 끼쳤다. 난 농담을 떠올려 보려 했다. '주

스 한 잔과 버터를 바른 지각 한 접시, 정말 맛있겠는걸!'

아니야, '딱지 한 접시'가 나오려나? 아, 그러면 다들, "우웩, 더러워! 토할 거 같아."라고 하겠지? 사람들이 대놓고 우웩 하는 대상이 되는 건 좀 아니지.

내 옆에 앉아 있는 멜타는 세실리아 선생님에게 받은 종이 위에 낙서를 하고 있었다. 나만 빼고 다들 멜타를 멜덴이라고 부른다. 세실리아 선생님까지도. 나만 멜타를 멜타라고 부른다. 멜타는 내가 아는 사람 중 가장 큰 마음을 가지고 있으니까.[1] 난 멜타가 그리는 그림을 보려고 몸을 그림 쪽으로 기울였다. 멜타의 금색 곱슬머리가 내 볼에 닿아 간지러웠다. 그 애는 지구를 중절모자를 쓰고 콧수염을 기른 할아버지로 만들어 놓았다. 안경알 하나가 줄에 걸려서 한쪽 눈에 걸쳐 있는…… 그 이름이 뭐지? 외눈 안경? 외 안경? 외알 안경? 아무튼 그런 것까지 쓰고 말이다. 지구 할아버지 입에서는 말풍선이 나와 있는데 이렇게 이야기하고 있었다. "나는 지구 영감이여."

난 멜타를 보고 웃었다. 꽤 웃겼기 때문이다. 멜타도 피식 웃었다. 그 애는 특유의 귀여운 웃음소리가 있다. 누군가 간질였을 때 꼬맹이 남자아이가 터뜨리는 듯한 웃음소리랄까?

난 멜타에게 귓속말을 했다.

---

[1] 심장은 스웨덴어로 '옐타'인데 '멜타'와 라임이 맞기 때문이다.

"방금 재미있는 생각이 떠올랐어."

"오! 뭔데?" 멜타가 귓속말로 반응했다.

"나 코미디언이 될 거야. 스탠드 업 코미디언 말이야."

갑자기 세실리아 선생님이 우리 책상 앞에 나타나는 바람에 멜타는 대답하지 못했다.

"이해했어? 사샤 레인, 멜뗀 훨드!"

우리가 올려다보자 선생님은 우리의 집중력을 한껏 끌어올리기 위해 숨을 깊이 들이마시고 계속 설명했다.

"그러니까 어떤 지역에서는 불과 5킬로미터밖에 안 된다는 거지! 우리 발아래와 맨틀이라 불리는 영역 사이의 거리가 말이야!"

선생님은 마치 어린이 프로그램 진행자처럼 눈을 커다랗게 부릅뜨고 입도 크게 벌린 채 우리를 바라보았다.

"몇 킬로미터라고, 사샤, 멜뗀?"

"5킬로미터입니다!"

우리는 더없이 순종적인 학생들이 되어 합창했다.

열정적인 선생님은 사실 매우 바람직하다. 4학년 때 담임이었던 보쎄 선생님은 허구한 날 우울한 얼굴로 앉아 핸드폰만 보셨다. 보쎄 선생님의 수업은 아무 영상이나 하나 틀어 주고 종이를 가지러 간다면서 나가서는 수업이 끝날 때야 다시 나타나는 식이었다. 보쎄 선생님이 지난 가을 병가를 내시면서 대신 오신 분이 세실리아 선생님이다. 나는 세실리아 선생님을 좋아한다. 선생님이 매일 똑같은 옷만 입는다고 비아냥거리는 몇몇 애들도 있지만. (예를 들자면 티라라든지) 그런 아이들은 선생님이 흰색 아니면 회색 티셔츠만 입고, 청바지는 너무 꽉 끼게 입는다고 투덜거린다.

티라는 입을 벌린 채 껌을 짝짝 씹으면서 자신의 긴 갈색 머리카락을 만지작거리면서 불량스럽게 말한다.

"자기한테 맞는 청바지 사는 게 뭐가 그렇게 어려운 건데?"

선생님이 어떤 바지를 입든 무슨 상관이지? 엉덩이로 수업하나?

티라는 같은 반 친구인데, 사실 이건 잘못된 표현이다. 티라는 전혀 내 친구가 아니니까 말이다. 누구나 한 번쯤은 이런 난감함을 경험했을 것이다. 그럼 뭐라고 부르지? 같은 반 적? 이건 좀 강한 느낌이고. 조금 더 중립적인 단어가 필요한데…… 같은 반 사람? 같은 반 생명체? 같은 반 아이? 흠…… 그래. 티라는 같은 반 아이다. 딱히 마음에 들진 않지만 뭐 이 정도로 해 두자.

그건 그렇고, 아빠는 세실리아 선생님이 '안정적'이라고 생각한다. 선생님이 아이들을 조용히 시키는 건 사실이다. 보쎄 선생님은 그것도 못했으니까.

선생님이 지시봉으로 흰색 프로젝트 화면을 치는 바람에 지구 전체가 요동쳤다. 니쎄가 움찔했다.

"5킬로미터가 얼마나 긴지 아는 사람?"

선생님은 대답을 기다리지 않고 계속했다.

"자, 5킬로미터 즉 5천 미터, 여기서 프루앵엔[2]까지가 그 정도 될 거야."

프루앵엔이 어디 있는지는 잘 모르지만 일단 넘어가자. 반 친구들은, 아니지, 반 아이들은 최면이라도 걸린 것처럼 선생님을 뚫어져라 쳐다봤다. 세실리아 선생님은 그런 능력이 있는 사람이다.

"맨틀의 온도는 수천 도에 달해서 엄청 뜨겁지. 생각해 보자, 우리 발 아래에서 조금 떨어진 곳에 수천 도에 달하는 뜨거운 유동체가 있다고 말이야."

선생님은 실내화를 신은 발로 '쾅' 하고 바닥을 내리쳐서 우리 모두가 베이지색 장판이 깔린 바닥을 내려다보도록 했다.

"몇 도라고, 니쎄?"

선생님은 니쎄를 지시봉으로 가리켰다. 선생님은 결투를 신청하는 검객 같았다. 니쎄가 검이 없다는 것이 함정이지만 말이다. 그 애가 정답을 댈 리가 없었다. 니쎄가 확신 없이 대답했다.

---

2 스톡홀름 시내 지역.

"그러니깐…… 엄청 높은 도요?"

"그래! 수천 도라고!"

선생님이 지구를 향해 획하고 몸을 돌리는 그 짧은 순간 멜타가 쪽지를 내게 건넸다. 쪽지에는 멜타가 그린 웃는 얼굴 옆에 '넌 최고의 코미디언이 될 거야!'란 글이 쓰여 있었다.

난 몹시 기뻤다. 부디 이 말대로 되었으면 좋겠다. 난 고개를 돌려 창문 밖의 나무를 바라보았다. 나무는 창문 바로 앞에 서 있었다.

벌거벗은 앙상한 가지 위에는 눈이 얇게 덮여 있었다. 나에겐 생각할 것들이 많고, 이건 하찮은 지각 따위보다 훨씬 중요한 문제다. 유머 감각을 키우려면 집중해야 한다. 치열하고 방법론적으로 접근해야 한다. 웃긴다는 건 뭔가? 브레인스토밍 식으로 여러 재미있는 주제를 써 보면서 농담을 떠올리는 방법을 생각할 수 있겠다.

난 지구의 단면이 그려져 있는 종이를 뚫어져라 보다가 종이를 뒤집어 빈 페이지에 글을 쓰기 시작했다.

〈웃기고 성가신 것들〉

1. 멜타가 사람들은 왜 커다란 햄스터 털을 갖고 싶어 하는지 물어서 "엥, 뭐라고?"하고 되물었는데 사실 힙스터 수염을 말했던 것.

2. 이어폰이 마구 엉켜 있는 것.

3. 영화 보는데 옆에서 계속 막, "저 사람이 누구야? 저 사람 뭐 하는 거야? 지금 저들은 어디 가는 거지?"라고 해서 "아 쫌! 영화 좀 보자, 곧 나오겠지!" 하는 것.

4. 사람들이 SNS에서 하는 모든 것들. 예를 들면 엄청 잘 나온 자기 사진을 올리고는 그 밑에 자기가 너무 못생기지 않았느냐고 적어서 사람들에게 외모 칭찬을 받으려는 수작 같은 것. (이를 테면 티라가 그러지.)

5. 하나도 그럴 만하지 않은 것들을 주구장창 태그하는 것. 아니면 자기가 뭔가 대단히 '심각한' 상태인 양 연기하는 것. 너무 슬프다, 아무도 나를 이해해 주지 못한다, 따위의 말을 쓰는 것. 그래서 사람들이 "아, 그래서 무슨 일인데?" 그러면 "아무것도 아니야. 말하고 싶지 않아."란다. "아…… 잠나. 그럼 말하지 말라고!" (이래서 내가 SNS를 다 끊었다. 유튜브만 빼고. 스탠드 업 코미디는 챙겨 봐야 하니까.)

6. 아빠가 내 방에 들어왔다가 나갈 때 방문을 안 닫아서 내가 "문 닫으라고요!"라고 소리를 지르자 다시 돌아와서는 방문을 살짝 밀

기만 하고 완전히 닫지 않아서 "아아아아!! 닫으라니까요!"하고
고함을 지르는 것.

ㄲ. 엄마가

난 글을 쓰는 것을 멈췄다. 종이에서 펜을 뗐다. 나는 '엄마
가 기분이 안 좋아서 내가 그냥 조용히 있기를 바라는 것, 내가
조용히 있지 않고 말을 걸면 전혀 대답을 하지 않는 것.'이라고
쓰려고 했지만 그러지 않았다.

왜냐하면 더 이상 그럴 일이 없기 때문이다. 다시 엄마를 귀
찮게 할 수만 있다면 얼마나 좋을까. 다시 그럴 수 있기를 너무
나도 간절히 바라서 가슴이 부서질 것만 같다. 정말 자신 없는
일이지만 하루 종일 조용히 있을 수 있다. 엄마만 다시 돌아올
수 있다면 아무것도 안 하고 평생 있을 수도 있다. 평생 독일어
로만 말하고 살 수도 있다.

짧은 순간 난 엄마가 죽었다는 사실을 잊었다. 방금 말이다.
내가 '엄마가'라고 쓰기까지의 순간 동안 말이다.

내가 24시간 동안 늘 엄마만 생각하지 않는다는 건 다행스러
운 일이다. 하지만 문득 엄마 생각이 나면 가슴속 어두움이 문
을 열어젖힌다. 바닥없는 구멍 같은 어둠. 그 어둠은 모든 방향
으로 끝도 없이 펼쳐진다.

내 마음의 조각들이 그 구멍 안으로 굴러 떨어진다. 떨어져서 사라져 버린다. 그렇게 사라진 조각을 다시 찾을 수 있을지 모르겠다. 내 마음이 다시 완전해질 수 있을까?

난 지우개로 '엄마가'로 시작하는 문장을 지웠다. 지우개를 너무 세게 문질러 종이에 구멍이 생겼다.

쿠키도우

난 집에 갈 때 아스푸드 공원을 가로질러 간다. 나는 항상 멜타와 붙어 다니는데 멜타는 화요일마다 밴조 수업이 있어서 오늘은 혼자다. 믿거나 말거나지만, 세상에 있는 그 많은 악기 중에 하필 밴조라니!

그렇지만 누가 뭐라 하겠는가? 한번은 멜타가 밴조를 자기 친동생보다 사랑한다고 말한 적이 있다. 물론 난 믿지 않는다. 그 애가 이런 말을 하게 된 건 '밴조 트라우마'라고 부르는 사건 이후부터다. 밴조 트라우마란 멜타의 남동생이 멜타의 밴조에 땅콩버터를 덕지덕지 바른 사건을 말한다. 그 사건이 멜타가 그런 말을 하는 데 결정적인 영향을 끼쳤을 것이다. 그 이후로 멜타는 동생을 '밴조 암살자'라고 부른다.

멜타는 밴조를 금색 버클이 달린 윤기 나는 검은색 케이스에 보관하는데, 케이스 안은 초록색 벨벳 천이 씌워져 있다. 내 생각에 스웨덴 왕의 왕관도 저것보다 근사한 케이스에 보관하진 않을 것 같다.

공기는 차갑고 맑았다. 태양이 아주 낮게 떠 있어서 그 노랗고 하얀 빛이 내 눈을 멀게 할 것만 같았다. 나무들은 여전히 벌거벗었고 여기저기 커다란 눈 자국들이 있었다.

시간이 있을 때면 나는 공원에 있는 토끼들에게 인사를 한다. 동물들을 쓰다듬어 주면 기분이 정말 좋아진다. 차분해지면서 마치 마음이 부드러워진다고나 할까. 모든 동물들이 다 그런 건 아니지만. 악어라든지 독이 있는 전갈을 쓰다듬으면 전혀 그런 기분이 들지 않을 것 같단 말이지.

토끼들은 네 개의 작은 울타리 안에 산다. 각각 네 마리씩. 그중에도 너무너무 귀엽고 안기는 걸 좋아하는 토끼가 있는데, 난 쿠키도우라고 부른다.

녀석의 진짜 이름은 피스타치오다. 피스타치오 콩은 초록색인데 누가 무슨 생각으로 그런 이름을 지었는지 모르겠다. 그 토끼는 전혀 초록색이 아니다. 커다란 쿠키도우 조각이 들어 있는 바닐라 아이스크림색이다. 거기다 얼마나 귀여운지. 어쩌면 반은 숫양, 반은 다른 종류의 토끼가 섞였을지도 모른다. 고트란드 토끼나 뭐 그런 쪽? 한쪽 귀는 숫양들이 그렇듯 아래로 내려가 있고 다른 한쪽 귀는 공중으로 쭉 솟아 있으니깐 나 혼자 그렇게 추측하는 것이다.

난 쿠키도우가 낯설지 않다. 나도 반은 양이라고 말할 수 있다. 내가 3월 20일 밤 12시가 되기 3분 전에 태어났으니까 정확하게 물고기자리와 양자리의 경계에서 태어난 것이다. 다행인 것은 내 귀가 어떤 쪽은 아래로 내려가 있고 어떤 쪽은 위로 솟아 있지 않고 다른 사람들의 귀와 똑같이 생겼다는 점이다.

울타리 쪽으로 다가갔을 때, 나는 쿠키도우를 바로 알아보았다. 쿠키도우는 작은 지푸라기를 입에 넣고 오물거리고 있었다. 쿠키도우의 포동포동하고 하얀 볼은 바쁘게 움직이고 있었다. '천천히 먹어!'라고 잔소리할 아빠가 없나 보다. (참고로 이건 내 이야기다.)

"안녕, 쿠키도우!"

내가 말하자 쿠키도우가 씹기를 멈추고 나를 쳐다보았다.

이건 아마도 내 상상이겠지만 쿠키도우라고 부를 때마다 그애가 나에게 고마워하는 것 같다. 마치 "드디어, 마침내 내가 초록색이 아니란 걸 알아주는 사람이 나타났어!"라고 말하고 싶어 하는 것만 같다.

나는 울타리를 넘어가서 쿠키도우와 반 미터 정도 떨어진 곳에 쭈그리고 앉았다. 다른 토끼들은 불안해서 돌판 위로 껑충껑충 뛰기 시작했지만 쿠키도우는 그러지 않았다. 그 애는 여전히 가만히 앉아 입에 물고 있던 지푸라기를 계속해서 씹었다. 쿠키도우의 밝은 분홍빛 코가 공기 속 냄새를 킁킁대며 맡는 동안 찡그려졌다. 난 장갑을 벗고 조심스럽게 손을 내밀었다. 쿠키도우는 마치 강아지처럼 내 손의 냄새를 맡았다. 냄새를 다 맡은 것 같기에 나는 조심히 팔을 뻗어 쿠키도우 조각이 박힌 듯한 그 애의 털을 쓰다듬었다. 너무너무 부드러웠다. 멜타의 밴조 케이스 안쪽 벨벳 천보다 부드러웠다.

사람들은 토끼를 쓰다듬을 때 어떻게 해야 하는지 모른다. 토끼들이 대부분 겁을 먹고 도망가기 때문이다. 비결은 급하게 움직이지 말고 손을 아주아주 천천히, 조심히 가져다 대는 것이다. 토끼들은 분명 빠르고 급하게 움직이지만 자기 외에 다른 존재들이 그렇게 빨리 움직이는 건 좋아하지 않는다. 나는 천천히 다른 한 손에 움켜쥐고 있던 지푸라기를 쿠키도우 앞으로 내밀었다.

"이리 와 봐, 내 작은 친구." 내가 말했다.

그러자 쿠키도우는 폴짝 뛰어 다가와 내 다리 옆에 앉았다. 작고 귀엽게 두 번 깡충 뛰자 솜털이 폭신폭신한 쿠키도우의 작은 꼬리가 공중으로 솟았다. 난 한 손으로 바닥을 짚고 아주 천천히 바닥에 앉았다. 청바지를 뚫고 바닥의 찬 기운이 느껴졌다. 눈 뭉치들도 느껴졌다. 바지가 젖게 되리라는 것을 알았지만 상관없었다. 쿠키도우가 내 옆으로 다가와 자신의 포동포동한 작은 몸으로 나를 따뜻하게 해 주었다.

쿠키도우는 내 친구다. 난 멜타에게도 하지 못하는 이야기를 녀석에게 하곤 한다. 제일 친한 친구라도 선은 있는 법이다. 물론 쿠키도우가 얼마나 내 말을 이해하는지는 알 수 없다. 하지만 적어도 들어 주는 것은 세계 최고라고 할 수 있다. 쿠키도우에게는 아주 크고 긴 귀가 있어서 그런 것 같다. 난 그 애를 쓰다듬고 또 쓰다듬었다.

아빠는 동물들은 참 편할 거라고 했다. 왜냐하면 동물들은 과거에 일어난 일을 곰곰이 생각하지도, 미래에 대한 걱정을 하지도 않으니까 말이다. 미안한데 아빠, 그걸 아빠가 어떻게 알아요? 쿠키도우가 자기 친구인 개암나무 너트가 캐슈너트와 더 많이 놀고 자기와 덜 놀아서 요즘 기분이 최악일지, 오후에는 누구와 깡충 뛰기 놀이를 할지 고민되어서 미칠 것 같은 기분일지 아빠가 어떻게 아냐고요?

쿠키도우의 엄마도 예전에는 이 아스푸드 공원에 같이 살았었다. 여기서 일하는 분에게 들어서 안다. 그분이 말하길, 어느 날 쿠키도우의 엄마가 땅바닥에 쓰러져 죽어 있었다고 한다. 왜 죽었는지는 모른다고 했다. 특별히 나이가 많지도 않았고 아주 건강했었는데 갑자기 뭔가에 엄청 놀라 기겁해서 죽은 게 아닌가 추측할 뿐이다. 육식동물을 보고 놀랐다거나 말이다. 다만 육식동물에게 물린 것은 아닌 것 같다고 했다. 상처는 없었으니까. 육식동물을 보고 너무 무서운 나머지 심장이 뛰기를 멈춘 것이다. 난 가끔 엄마도 너무 무서워서 죽은 게 아닌가 생각한다. 육식동물은 아니겠지만, 아마 삶 자체가 무서웠던 게 아닐까.

부드러운 털들 사이로 쿠키도우의 작은 심장이 느껴졌다. 어찌나 빨리 뛰는지! 난 쿠키도우의 심장이 늘 이렇게 팔팔하게 뛰기를 바란다.

난 쿠키도우의 쫑긋 솟은 귀에다 대고 늘 그렇듯 속삭였다.

"귀여운 내 쿠키도우야! 다음에 만날 때까지 잘 살고 있어야 해! 그렇게 해 줄 수 있지?"

그러자 쿠키도우는 갑자기 내 품에서 폴짝 뛰어 친구들이 있는 나무 집으로 가 버렸다. 내가 자리에서 일어나자 토끼들은 긴장해서 나무 집 안에서 서로 이리저리 뒤엉키며 정신없이 뛰었다.

"꼭 약속해! 알았지?"

쿠키도우는 나를 돌아보지도 않았다. 엉덩이와 토실토실한 꼬리를 내 쪽으로 돌린 채 약속 따위는 신경도 쓰지 않는 듯했다.

난 집게손가락으로 눈에다 글을 썼다.

그게

그리고는 손바닥으로 지워 버렸다. 그 위에 또 썼다.

내

다시 지웠다. 위에 또 썼다.

잘못인가?

글씨를 다 지우고 나는 자리에서 일어났다. 그리고 걸어가며 다시 뒤돌아보지 않았다.

살아남기 위해 해야 할
일곱 가지

내 전략은 간단하다. 엄마는 삶에 실패했고 죽었다. 거기에는
여러 원인이 있다. 나는 삶에 성공할 생각이다. 그러려면 엄마
의 실수를 교훈 삼아 엄마가 했던 것들을 하지 않으면 된다. 그
래서 나는 가장 중요한 일곱 가지를 적은 리스트를 만들었다.
내 문제의 해결책들이다. 난 그 리스트를 종이에 아주 작은 글
씨로 적어서 내 다스 베이더 알람시계 배터리 넣는 곳에 숨겨
두었다.

〈살아남기 위해 해야 할 것들〉

I. 머리카락 다 잘라 버리기.

모든 사람들이 엄마와 내가 닮았다고 떠들어 댄다. 어디가? 도대체 어디가 닮았다는 거지? 그러면 난 기뻐해야 하나? 얼굴을 바꾸는 건 어려운 일이지 않나? 아빠는 나에게 성형수술을 시킬 생각이 없는 것 같은데. 엄마와 나, 둘 다 긴 갈색 머리카락을 가졌기는 하다. 아, 참 엄마는 가졌었다고 表現해야지. (가졌었다. 과거형이다. 그래, 과거형. 매번 잊어버린다!)

2. 살아 있는 것 키우지 말기.
엄마는 딸 하나를 키웠는데 (나 말이다) 그게 완전 대참사였다.

3. 책 읽지 않기.
엄마는 책을 엄청나게 많이 읽었다. 그래서 거실과 침대 옆에 늘 한가득 책이 쌓여 있었다. 엄마가 그래서 행복했나? 아니. 엄마는 늘 사람들의 불행과 비참함 속에 잠겨 있었다. 그것도 존재하지도 않는 사람들 때문에 말이다!

4. 밝고 화려한 색깔의 옷만 입기.
엄마는 늘 검은색 옷을 입고 다녔다. 참 우울하지 않은가?

5. 너무 많이 생각하지 않기. (가능한 한 아예 하지 않기.)
엄마는 생각이 너무 많았다. 자신이 한 말과 행동을 늘 돌이켜 보고 후회했다. 예전에는 어땠었는지, 다른 사람들은 어떻게 생각하는지 너무 많이 생각했다.

6. 산책 피하기, 숲 피하기.

엄마는 숲속으로 산책을 자주 갔다. 몇 시간을 걸으면서 생각에 잠겼다.

7. 코미디 퀸 되기.

엄마는 늘 우울해했고, 갑작스럽게 울음을 터뜨리곤 했다. 엄마는 주변 사람들을 울렸다. 돌아가신 지금도 사람들을 울린다. 가끔 난 아빠가 샤워하다가 우는 소리를 듣는다. 아빠는 그 소리가 들리지 않을 거라고 생각하는 것 같은데 다 들린다. 그래서 나는 절대로 울지 않는다. 절대로! 난 사람들을 울리지 않을 것이다. 난 사람들을 웃길 것이다. 그래, 이게 나의 미션이다!

머리 자르기 소동

우리 집 대문을 열 때는 안쪽으로 문을 있는 힘껏 밀면서 동시에 손잡이를 위로 올려서 열쇠를 돌려야 한다. 세 번을 해도 안 열리는 경우도 허다하다. 오늘은 빨리 집에 들어가고 싶은 마음에 엉덩이로 너무 힘껏 문을 밀고 말았다. "아야." 소리가 절로 나올 정도였다.

"너희 집 문은…… 참……." 멜타가 바로 뒤에서 계단을 올라오며 숨을 몰아쉬었다. 우리는 둘 다 학교에서부터 자전거를 타고 전속력으로 질주해 온 터라 숨이 턱 끝까지 차 있었다. 그런데 '숨이 차다.'라는 말은 참 재미있다. '숨'은 알겠는데 '차다.'라니……. 이 단어로 뭔가 재미있는 말을 생각해 낼 수 있을 것 같다.

"내 말이……!"

난 이렇게 내뱉으며 다시 한번 아이스하키에서 태클을 거는 것처럼 격렬하게 문을 밀었다. 드디어 열쇠를 돌려 문을 열 수 있었다. 조만간 내 엉덩이는 박살이 나고 말 것이다. 앰뷸런스가 와서 실려 가게 되면 119 아저씨에게 뭐라고 설명해야 할지 참 난감했다.

"아…… 제가 문을 열려고 하다가요……."

우리는 집 안으로 들어가 외투를 현관 옷걸이에 걸고, 자전거 헬멧을 벗어 바닥에 던졌다. 멜타는 헬멧 안에 야구 모자를 쓴다. 날씨가 영하 5도가 되어도 절대 털모자는 안 쓴다. 야구 모자에는 '순종'이라고 적혀 있고 챙은 레오파드 털로 덮여 있다. 모자가 이마를 누르고 있는 동안 귀는 바깥에 나와 있어서 추위에 새빨개져 있었다. 멜타는 이 야구 모자를 너무나 좋아해서 가능하면 늘 쓰고 있으려 한다. 세실리아 선생님이 매번 수업 시작할 때마다 "멜뗀, 모자 벗어."라고 해야 할 정도다.

멜타는 그럴 때마다 언짢아 보이지만 그래도 모자를 벗는다. 선생님께 거역할 수는 없으니까. 보쎄 선생님 때는 모자를 쓰고 있어도 괜찮았다. 보쎄 선생님의 몇 안 되는 좋은 점 중에 하나다. 보쎄 선생님은 분명 우리가 승마복을 차려입고 와도 눈치 채지 못했을 것이다.

나는 손뼉을 치며 말했다.

"준비됐어?"

"어, 너는?" 멜타가 말했다. '어는?'이라고 들렸지만, 멜타는 늘 숨 가쁠 정도로 빠르게 말을 한다.

"완전 준비됐어!"

난 시각을 확인했다. 아빠가 두 시간 후에 집에 올 것이다. 완벽하다. 우리는 비좁은 화장실로 들어갔다. 우리 집 화장실은 두 사람이 동시에 들어가는 것이 거의 불가능할 정도로 작다. 멜타가 실수로 칫솔 컵을 치는 바람에 칫솔 두 개가 세면대에 떨어졌다.

이제 칫솔이 두 개만 있다.

칫솔 컵은 유리컵도 아니고 가벼워서 하루에 다섯 번도 넘게 떨어지는 오렌지색 플라스틱 머그컵이다. 그러니 난 멜타에게 신경 쓰지 말고 칫솔도 다시 주워 담을 필요 없다고 말했다. 나는 화장실 서랍 안의 상자들을 뒤지다 마침내 작은 바구니에서 아빠의 트리머[3]를 찾았다. 빨간색 철제 트리머는 먼지가 많이 끼여 있고 갈색 머리카락도 붙어 있었다. 나는 후후 불어 먼지와 머리카락을 털었다. 아빠가 집에서 머리를 깎은 지 꽤 시간이 지났다.

이제 아빠가 집에서 머리 깎는 것을 도와줄 사람이 없기 때

---

3 머리카락이나 수염을 깎는 데 사용하는 면도 도구.

문이다.

날 세 개를 찾았는데 길이가 다 달랐다. 세 가지 길이 중에 선택할 수 있었다. 완전히 다 밀어 버릴 게 아니라면 3센티미터, 2.5센티미터, 1센티미터 중에 골라야 했다.

"제일 긴 걸로 할래." 나는 날을 트리머에 꽂으면서 말했다. 그리고 멜타에게 트리머를 건넸다.

"너 정말 괜찮겠어?" 멜타가 저녁 하늘 같은 파란색 눈으로 나를 보며 다정하게 물었다.

"네 지금 머리 정말 예쁜데!"

멜타가 손가락으로 내 머리카락을 쓸어 올리다 그만 머리카락에 엉켜 버렸다. 내 머리카락이 털모자와 헬멧 안에 눌려 땀 범벅이 된 탓이었다.

"그럼 네가 가져." 내가 인심 쓴다는 듯 말하자 멜타는 피식 하고 웃었다. 나는 이 순간을 재미있는 이야기로 기억에 남길 생각이었다. 아주 괜찮은 개그 소재가 되겠는걸?

난 내 〈살아남기 위해 해야 할 것들〉 리스트에 대해 멜타에게 말하지 않았다. 그 아무에게도 말하지 않았다. 그냥 긴 머리가 지겨워졌다고만 말했다.

내가 화장실 변기에 앉자 멜타가 내 머리카락을 자르기 위해 내 앞에 서서 말했다.

"그럼 시작한다!"

내 얼굴, 이마 근처로 트리머가 다가왔다. 멜타는 트리머를 내 머리카락 뿌리 부분에 바짝 갖다 대고 가볍지만 단호하게 누르면서 머리 뒤쪽으로 당겼다. 난 내 머리카락이 작은 조각이 되어 떨어져 나가는 것을 느꼈다. 머리카락이 볼에, 귀에, 목에 닿으며 떨어질 때 누군가 가볍게 때리는 것 같았다. 눈가옆에 난 길고 어두운 갈색의 머리카락이 내 어깨 위에 떨어지는 것이 보였다.

멜타는 매우 집중해서 트리머를 들고 내 머리 위에 새로 가져다 댔다. 이번에는 관자놀이에서부터 귀까지 밀었다.

툭!

"걸렸어!" 멜타가 소리쳤다.

멜타가 소리를 지르는 동시에 한쪽 귀 위로 타는 듯한 고통이 느껴졌다. 누군가 내 머리카락을 통째로 다 뜯어 내고 있는 것 같은 느낌이었다.

"아아악!"

난 계속 작동하고 있는 트리머를 잡아 보려고 했지만 멜타가 반사적으로 내 손을 쳐냈다.

"어떡해?" 멜타가 소리쳤다.

"빨리 꺼!" 내가 소리 질렀다.

트리머의 윙윙 소리가 멈추자 조용해졌다. 무서울 정도로. 멜타는 신경질적으로 숨을 내쉬면서 트리머를 내 머리카락에서 떼어 내려 하고 있었다. 하지만 그럴수록 머리카락에 트리머가 더욱 엉키는 것 같았고 무지하게 아팠다.

"미안 미안 미안 미안해, 사샤!!!"

"괜찮아, 일부러 그런 거 아니잖아!"

"그래도!"

멜타는 필사적으로 내 머리카락을 잡아떼어 보려고 발버둥을 쳤다. 얼마나 심하게 엉켰는지 머리 가죽이 통째로 뜯어져 나가는 것만 같았다.

"아, 도저히 안 돼!" 멜타가 마침내 포기하며 말했다. "어떻게 해야 떼어 낼 수 있을지 모르겠어."

"내가 한번 볼게." 난 트리머가 머리카락에 걸려 있는 채로 일어났다. 머리카락에서 흔들리고 있는 트리머 때문에 아파서 나도 모르게 얼굴이 찡그려졌다.

거울에 비친 내 모습을 보자 나도 모르게 소리를 지르고 말았다. 머리 한가운데에 앞머리부터 머리 뒤쪽까지 4센티미터 정도 골이 파여 있었던 것이다. 멜타가 내 정수리의 머리카락을 3분의 2센티미터만 남기고 밀어 버린 것이다. 그리고는 조금 짧게 관자놀이부터 귀 쪽까지를 또 밀어 놓았다. 바로 그 부분에 트리머가 붉고 굵은 철제 소시지처럼 엉켜 있었다. 정말이지 미친 사람 같았다.

"놀라지 마!" 멜타가 자기가 더 놀라서 소리쳤다.

"아악!" 난 포효했다.

"숨을 깊게 쉬어 봐, 넌 할 수 있어!"

멜타가 가쁘게 숨을 내쉬며 말했지만 스스로도 그렇게 믿는 것 같지 않았다.

"어떡해? 어떡해?"

"나도 몰라, 미안해!"

"미안하다는 말 그만해!" 난 여전히 포효했다.

"미안, 미안하다는 말 그만할게, 미안!"

그때 누군가가 엉덩이로 문을 힘껏 밀면서 열쇠를 구멍에 넣어 돌리는 소리가 들렸다. 난 멜타를 보았다. 멜타의 눈이 만화 캐릭터처럼 커지더니 두 손으로 자신의 입을 막았다.

"나 이제 죽었다!" 멜타가 조용히 말했다.

"아빠 왔다!" 아빠가 현관을 들어오며 소리쳤다. 동시에 문이 닫히는 소리도 들렸다.

나와 멜타는 할 말을 잃은 채 공포에 질려 서로를 바라보았다. 아빠의 발소리가 점점 가까워졌다. 생각할 겨를도 없이 난 욕조로 뛰어 들어가서 샤워 커튼을 쳤다.

"아, 멜뗀 왔구나!" 아빠가 화장실 문 뒤로 얼굴을 내밀며 말했다.

"안녕하세요, 아저씨." 멜타가 말했다.

"너희 여기서 뭐하니?" 아빠가 수상하다는 듯이 물었다.

뭔가 이상한 일을 하고 있지 않은지 확인하려는 것이었다. 멜타는 아무 말도 하지 않았다. 난 최대한 숨을 죽이고 가만히 있으면서 트리머가 무겁게 흔들려서 머리를 아프게 하지 않도록 했다.

"숨바꼭질하는 거야?" 아빠는 이렇게 말하더니 갑자기 샤워 커튼을 열어 젖혔다.

난 깜짝 놀라 몸을 움찔했다.

"사샤!"

아빠는 나를 보자 기겁을 하고 소리를 질렀다. 아빠는 초록색 외투를 벗지도 않은 채였고 추위에 볼이 빨개져 있었다.

"오셨어요, 아빠." 나는 바보같이 손을 흔들며 어색하게 인사했다.

아빠의 시선이 나에게서 멜타에게로, 바닥에 널려 있는 잘려진 머리카락들에서 다시 내 머리에 매달려 있는 트리머로 이동하는 것을 보았다.

"지금 뭐…… 왜 내 트리머가? 아니 이게 무슨 짓이야!"

"왜 벌써 왔어요? 5시도 되기 전에 집에 왜 왔냐고요."

나는 오히려 화를 내며 욕조에서 일어나서 나오려고 했다. 그러나 한 손으로 트리머를 잡고 있는 바람에 생각한 대로 고상하게 욕조에서 탈출하는 데 실패하고 균형을 잃고 멜타에게 넘어져 버렸다. 그 바람에 트리머가 멜타의 머리에 부딪쳤다.

멜타가 가볍게 신음했다.

"5시라니, 내가 분명히 말했잖아, 15시에 온다고. 그렇게 문자했잖아."

아…… 15시. 이런 젠장. 디지털 시간은 늘 헷갈린다니까.

"지금 그게 중요한 게 아니고, 도대체 네 머리에 무슨 짓을 한 거야?"

"머리 자르려고 한 건데, 조금 잘못된 것뿐이에요. 아빠 트리머 너무 안 좋다고요."

아빠는 습기가 찬 안경을 벗고는 엄지손가락과 검지손가락으로 콧등을 눌렀다.

"사샤, 이건 짧은 머리에 쓰는 거야."

"그러니까요. 난 짧은 머리로 자를 거란 말이에요."

"원래 짧은 머리일 때 쓰는 거지. 긴 머리에서 짧은 머리로 자를 때 쓰는 게 아니라니까."

"짧은 머리여야 짧은 머리로 자를 수 있다고요? 그런 말은 처음 들어 봐요. 진짜! 최악의 기계네요. 이건 마치…… 그러니까……."

나는 내 주변을 훑었고 세면대에 떨어져 있는 칫솔을 발견하고는 아빠의 코앞으로 들이밀며 말했다.

"아빠는 이 칫솔 사용하면 안 되겠네요? 이걸 사용하려면 깨끗한 치아여야만 하니까요. 그리고 또…… 이 매니큐어는 매니큐어 바른 손톱에만 바를 수 있고, 뭐 그런 거겠네요? 이 트리머 완전 구려요. 반품해요!"

"이젠 그러고 싶어도 못 그러겠는데. 네 머리에 엉켜 매달려 있잖아." 아빠가 피곤한 듯 말했다.

아빠는 내 손에서 칫솔을 빼어 들고 세면대에 떨어져 있는 칫솔 컵에 담아 올려놓았다. 난 흥, 하고 콧소리를 냈다. 멜타도 똑같이 했다.

나는 아빠가 매우 기분이 안 좋을 때 짓는 표정을 보자 웃음이 나왔다. 멜타도 웃음이 터지는 걸 손으로 막으며 숨기려 애썼다. 웃음을 참으려 안간힘을 써서 두 볼이 빨개지는 게 귀여웠다. 아빠는 멜타와 나를 바라보고는 머리를 절레절레 흔들면서 현관 쪽으로 나갔다.

그러자 나와 멜타는 동시에 폭탄을 투하하듯 웃음을 터뜨렸다. 난 변기 뚜껑 위에 앉아 몸 전체가 흔들릴 정도로 웃었다. 숨이 넘어갈 듯 웃는 동안 트리머가 머리 위에서 흔들렸다. 멜타도 어찌나 웃던지 몸을 앞으로 기울여 거의 주저앉을 지경이었다. 우리가 그렇게 한바탕 웃는 동안 시간은 정지된 것만 같았다. 다른 것들은 아무것도 상관없었다. 나와 멜타, 우리만 거기서 그렇게 웃고 있었다. 이 순간이 영원하기를 바랐다.

그때 갑자기 아빠가 기침하는 소리가 들렸다. 멜타는 계속해서 히득거렸다. 그러나 나는 뚝 웃음을 그쳤다. 마치 누군가가 전원을 끈 것만 같았다. 난 아빠가 가끔 내가 없을 때 담배를 피운다는 것을 안다. 난 그게 너무 싫다. 죽은 사람은 엄마로 족하다. 아빠가 암이라도 걸리면 못 견딜 것 같다. 아빠는 화장실 문을 다시 열고 기침을 두어 번 더 하고는 피곤한 모습으로 살짝 미소지어 보였다. 그러나 나는 미소 짓지 않았다.

"사샤, 너를 어쩌면 좋겠니? 왜 그랬니? 왜 같이 미용실 가자고 하지 않았어?"

난 어깨를 으쓱 들어 올렸다.

"아빠는 안 된다고 했을 테니까요. 그래서 그냥 이러는 편이 낫겠다고 생각했어요."

아빠는 어이가 없다는 듯 눈을 돌려 멜타를 바라봤다. 금발의 곱슬머리를 여전히 아주 길게 늘어뜨리고 죄책감을 느끼고 있는 듯한 멜타를 말이다.

"그래, 참 잘했다." 아빠는 이렇게 말하고는 부엌 가위를 가지고 와서 엉킨 내 머리를 잘라 트리머를 떼어 냈다. 엄청나게 홀가분해졌다. 아빠는 한숨을 쉬고는 부엌으로 돌아갔다.

난 화장실 거울에 비친 나를 다시 보았다. 짧은 머리 뭉치들이 위로 솟아 있고, 한쪽 귀 뒤쪽 머리카락이 너무 짧아서 머리 피부가 보일 정도였다. 피부색이 발개져 있었다. 다른 쪽 머리카락은 여전히 어깨 아래까지 길게 내려와 있었다.

"특이한 머리 스타일이긴 하지!" 멜타가 날 위로했다.

"어, 완전 사이코 같아." 난 거울을 응시하며 말했다.

"머리카락은 또 자라잖아!"

"그럼."

"머리카락은 그냥 머리카락일 뿐이야." 멜타는 죄책감을 떨치지 못한 듯한 표정이었다.

"어, 맞아."

"머리 뿌리들이 평생 하는 일이 새로운 머리카락을 재생시키는 거야. 그것만 생각해." 멜타는 진지한 목소리로 말했다.

"음⋯⋯."

"더 안 좋을 수도 있었어." 멜타가 말했다.

"어떻게? 어떻게 이것보다 더 안 좋을 수 있어?"

"그게⋯⋯ 말하자면 네 머리가⋯⋯ 도널드 트럼프 머리처럼 될 수도 있었다거나?"

난 잠시 머릿속에 그림을 그려 보았다. 이내 끔찍한 모습이 떠올랐다. 트럼프 최악의 면모가 그의 머리카락은 아니지만 말이다.

"맞아. 우리 마무리할까?" 내가 물었다.

"미쳤어? 난 절대 못 해. 이 트리머가 네 머리 가죽을 벗기려 한 걸 잊었어?"

"그렇다고 이렇게 그냥 둔다고? 아빠! 아빠!"

아빠가 화장실 문을 열었다. 아빠는 녹색 재킷을 벗고 입에 사과를 물고 있었다. 사과를 한 입 물자 과즙이 살짝 터져 나왔다. 아빠는 입을 닦으며 말했다.

"이 꼴로 다닐래, 아니면 미용실에 갈래? 도서관 옆에 있는 미용실에 지금 가면 자리 있을 거야."

"오, 하느님 감사합니다!" 내가 말했다.

"그냥 아빠라고 해도 데려가 줄게." 아빠가 말했다.

나는 그 말이 꽤 재미있다고 생각했다. 이것도 개그로 만들 수 있을까?

머리를 자른 후 멜타와 나는 입에 막대 사탕을 하나씩 물고 세겔스텐스 거리를 따라 걸어가고 있었다. 이런 막대 사탕은 사실 우리보다 어린애들이나 먹는 건데, 난 머리 가죽이 뜯기는 참사의 충격을 받았던지라 단 걸로 위로가 필요하다고 판단했다.

바람이 불어 와 짧아진 내 머리를 차갑게 식혔다. 우리는 사진관을 지나다 멈춰 섰다. 사진관 창문에 비친 나를 보았다. 미용사는 관자놀이 부분까지 밀어 버렸다. 별다른 방도가 없었을 것이다. 그래도 머리 위쪽은 아주 조금 길게 남았다. 그런대로 괜찮아 보였다. 내 스스로에게 그렇게 말해 주고 싶었다. 나도 멜타처럼 야구 모자나 쓰고 다닐까?

"짧은 머리도 잘 어울려." 멜타가 내 머리를 만지며 말했다.

"고마워, 너는 긴 머리가 잘 어울려." 내가 말했다.

멜타는 웃고 있다가 갑자기 진지해져서는 말했다.

"정말 미안해." 멜타가 속삭였다.

"미안하다는 말 그만 하라니까. 다시는 미안하다 하지 마, 그 말 금지야!" 내가 말했다.

"아니, 그게 아니라…… 그래서가 아니고…… 아까 너희 아빠가 오셨을 때 내가…… '나 죽었다'고 말했는데…….'

멜타가 말을 하다 말고 한참 쉬었다가 또 내뱉는 식으로 말해서 무슨 말인지 알아듣기가 쉽지 않았다. 빨간 막대 사탕을 입에서 빼서 손가락 사이로 이리저리 정신없게 굴리면서 말하는 모습을 보니 긴장한 듯했다. 멜타가 나를 안쓰럽게 바라보았다. 난 이마에 주름을 지었다. 멜타가 무슨 말을 하는지 이해가 되지 않았다.

"내가 그렇게 말한 거 미안해."

그제야 이해가 되었다.

"아이 참, 멜타! 난 또 뭐라고. 당연히 넌 '나 죽었다'라고 할 수 있지! 자 이제 집에 가서 뭐 좀 먹자. 사람이 안 먹으면 진짜 죽는다고! 안 그래?"

내 목소리는 쓸데없이 활기찼다.

리스트 1번, 머리카락 다 잘라 버리기. 성공!

열두 번째 생일

오늘은 3월 20일, 내 생일이다! 드디어 열두 살이 되었다! 원자번호 11번 나트륨에서 12번 마그네슘으로 이동한 것이다. 나는 요즘 화학시간에 원소에 대해 배우고 있다. 세실리아 선생님이 강조하듯 '대단한 원소'에 대해서 말이다. 난 나트륨을 좋아한다. 나트륨은 거의 소금이나 마찬가지고, 난 소금을 정말 좋아한다. 만약 남은 인생 동안 짠 음식과 단 음식 중 하나만 먹어야 한다면 나는 짠 음식을 선택하겠다. 우리 반 아이들 대부분은 단언컨대 단 음식을 선택할 것이다. 그런 면에서 나는 특별하다. 다른 면에서도 특별한데, 그건 내 의지와 상관없는 특별함이다.

아빠는 마흔일곱 살이고 원자번호 47은 은이다. 멋지다고 생각한다. 그렇지만 마그네슘이 멋진 것인지는 잘 모르겠다. 내가 마그네슘에 대해서 아는 바가 하나도 없으니까.

난 침대에 누워 자는 척하고 있다. 부엌에서는 아빠와 할머니, 오씨 삼촌이 분주하게 움직이며 속닥거리고 있다. 할머니는 나이가 많지만 오씨 삼촌은 아빠보다 많이 어리다. 정확하게는 잘 모르겠지만 스물아홉 살인가 서른 살인가 그렇다. 그래서 원소도 모르겠다.

블라인드 옆으로 회백색 빛 한 줄기가 방 안을 비췄다. 아빠는 어제 내가 잠든 뒤 바닥에 널려 있었던 것들을 다 치웠을 것이다. 내가 언제나 얼떨떨한 것은, 매번 엄청나게 어질러 놓고 잠자리에 드는데 다음날 아침이면 깔끔하게 정리가 되어 있는 것이다.

다스 베이더 알람시계는 6시 47분을 가리키고 있었다.

그리고 아직도 6시 47분이다.

여전히 6시 47분이다. 6시 47분은 어떻게 이리 오래 지속된단 말인가? 말도 안 된다.

아빠는 이렇게 아주 천천히 흐르는 시간을 'SL[4] 시간'이라고 부른다. 예를 들어 지하철을 타려고 기다리는데 전광판에 빨간 글씨로 3분 남았다고 반짝이고 있었는데, 분명히 3분이 지나고

---

[4] 스웨덴 라인, 스웨덴의 지하철과 버스 시스템.

나서도 여전히 전광판에 3분 남았다고 빨간 글씨가 반짝이는 것이다. SL 시간이란 이렇게 역사상 가장 천천히 가는 시간을 말한다.

아니……! 아직도 6시 47분이다. 알람시계가 멈춘 건가? 난 다스 베이더를 흔들었지만 아무 소용이 없어 다시 내려놓았다. 다스 베이더는 반짝이는 검은 눈으로 나를 노려보았다.

"아, 너무하잖아. 다스 베이더." 나는 속삭였다.

그러자 드디어 6시 48분이 되었고 그와 동시에 희미하게 소리가 들려왔다.

"오래 오래 살아, 오래 오래 살아, 물론이지 사샤는 백 살까지 살 거야!"

생각하고 싶지 않은 것을 계속 상기시키는 것이 있다는 건 참 이상한 일이다. 백 살까지 살 거야. 그래, 엄마가 그랬다면 얼마나 좋았을까. 백 살, 아니 쉰 살까지만 살았더라면 엄마가 죽을 때 최소한 내가 성인은 되어 있을 텐데. 그러면 조금은 덜 슬프지 않았을까?

작년에 내가 열한 살 생일을 맞았을 때를 생각하지 않으려 했지만 그건 쉬운 일이 아니다. 엄마가 방에 들어오고, 노래를 부르고, 내가 잠에서 깨면 엄마 냄새가 났다. 엄마가 나를 안아 주자 난 평소처럼 엄마의 목에 머리를 파묻고 엄마의 머리카락 냄새를 맡았다. 엄마 냄새가 가장 많이 나는 곳이다. 그러면 엄마는 늘 웃었다. 간지러워서 그랬을 것이다. 난 엄마의 냄새를 잊어버릴까 너무 두렵다.

엄마는 서른여섯 살에서 멈췄다. 난 계속해서 나이를 먹을 텐데 엄마는 아니다. 엄마는 그저 늘 서른여섯 살이다. 원자번호 36은 크립톤이다. 크립톤은 지구 대기에서 아주 드문 희귀 원소다. 바로 엄마처럼 말이다, 희귀한. 난 엄마가 최소한 일흔아홉 살까지 살았으면 했다. 원자번호 79는 금인데 금은 영원히 변하지 않으니까 말이다.

아빠, 할머니, 오씨 삼촌이 내 방문에 비좁게 붙어 서서 노래를 부르는 바람에 유리창이 흔들렸다. 아빠는 손에 쟁반을 들고 맨 앞에 서 있었다. 난 어제 미리 다음 날 아침 식사로 크림을 얹은 코코아와 과일 샐러드, 그리고 요구르트, 딸기잼을 바른 토스트 빵을 요청했었다. 아빠는 추가로 촛불과 레오파드 무늬의 냅킨, 계란 컵 위에 작은 꽃 한 송이도 함께 올려 두었다. 그 꽃은 부엌에 있는 세인트 폴리아 화분에서 하나 꺾은 게 분명하다고 생각했다. 난 침대에서 일어났다. 오씨 삼촌은 아빠 옆으로 비집고 나왔다. 삼촌은 입고 있는 꽃무늬 셔츠의 소매를 걷어 올려서 팔에 있는 문신이 다 드러났다.

"너 안 자는 거 다 알아!" 삼촌은 이렇게 말하며 나를 꼭 안았다. 삼촌에게서 담배 냄새가 났다. 이제 예전만큼 화가 나지도 않았다. 삼촌에게선 늘 담배 냄새가 나고 그때마다 화를 내는 것도 못 할 짓이다.

"새벽 6시 반에 초인종을 눌러 대는데 잠자긴 어렵지 않겠어요?" 내가 대답했다.

"아, 정말 네 삼촌 때문에 못살아!" 아빠가 말했다. "내가 문자로 대문 열어 뒀다고 조용히 들어오라고 했는데 말이야. 너 문자 안 읽지?"

아빠는 자신의 엘비스 프레슬리 머리를 손으로 쓰다듬는 오씨 삼촌을 돌아보며 말했다. 삼촌은 머리를 쓸어 넘기는 듯하지만 사실은 살짝 그 위로만 조심히 쓰다듬는 식이었다. 마치 토끼를 쓰다듬듯이 말이다. 아마도 왁스와 스프레이를 잔뜩 발라서 아주 조심스러운 듯하다. 밖에 허리케인이 불어닥쳐도 삼촌의 머리카락은 그 상태를 유지할 것이다.

"당연히 읽지, 가끔 잊어버려서 그렇지. 알잖아? 그…… ADHD[5]."

삼촌은 예전에 ADHD 진단을 받았는데 그 후로 무슨 일이든 그 탓을 한다. 약속 시간에 늦으면 ADHD, 사야 될 것을 깜빡해도 ADHD, 안 듣고 있다가 딴소리할 때도 ADHD 때문에…….

삼촌이 거짓말을 한다고 생각하지는 않는다. 분명 ADHD 때문에 다른 사람들보다 어렵게 느껴지는 일들이 많을 것이다.

5 주의 결핍 과잉 행동 장애.

그렇지만 탓할 뭔가가 있다는 건 참 편리할 것 같다는 생각을 지울 수는 없다.

삼촌은 내 머리를 쓰다듬었다.

"이야, 네 새 머리 스타일 완전 멋진데!" 삼촌이 말했다.

"난 삼촌의 옛날 머리 스타일이 좋은데요!" 내가 말하고 웃었다.

삼촌은 뒤로 비켜서서 뒤에서 가만히 기다리고 있었던 할머니에게 자리를 양보했다.

할머니는 침대맡에 무거운 몸을 앉혔다. 침대가 출렁거렸다. 할머니는 족히 100킬로그램은 나갈 거다. 할머니는 98킬로그램이라고 하지만 말이다. 아빠는 몸무게가 세 자리가 되는 것을 극도로 염려하기 때문에 할머니가 거짓말을 하는 것이다.

할머니는 내 무릎 위에 커다랗고 부드러운 선물 꾸러미를 올려놓았다. 선물은 작고 파란 꽃들이 그려진 흰색 바탕의 포장지로 싸여 있었다. 할머니가 늘 쓰시는 포장지이다. 사실 이건 선물 포장지가 아니라 벽지이다. 내가 지금까지 할머니에게 받은 모든 선물은 이 벽지에 싸여 있었다. 15년 전에 할머니는 이 벽지를 한 스무 뭉치 사셨는데 무늬가 마음에 안 든다고 생각했을 때는 환불하기에 이미 너무 늦어 버렸던 것이다.

할머니는 내 손을 꼭 움켜쥐고는 놓지 않으려는 것만 같았다. 그리고는 내 눈을 들여다보시는데 너무 오래 눈을 맞춰서

약간 힘들 지경이었다.

"사샤, 기분이 어때? 열두 살이 되는 기분 말이야."

왠지 아주 대단한 대답을 해야 할 것만 같았다. 삶은 선물이고 어쩌고와 같은 삶에 대한 성찰이 담긴, 뭐 그런 류의 이야기 말이다. 하지만 난 그런 말은 할 줄 몰랐다.

"음…… 글쎄요. 나트륨에서 마그네슘으로 가는 기분이랄까요?"

할머니는 전혀 알아듣지 못하는 눈빛으로 나를 보았다.

"사샤가 요즘 학교에서 원소를 배우고 있거든요." 아빠가 말했다. "12번 원소가 마그네슘이지요."

"아! 나도 마그네슘 알지. 뼈 건강에 좋다고 해서 나도 마그네슘 먹고 있어." 할머니가 말했다.

오케이! 정보 고마워요, 할머니! 나도 이제 마그네슘에 대해 한 가지 알았네요.

아빠는 바닥에 쟁반을 내려놓고는 나를 오래 꼭 껴안았다.

"축하해, 우리 딸!"

아빠는 잠옷 바지에 해진 티셔츠 차림이었는데 편안하고 기뻐 보였다. 안경도 안 쓰고 있었는데 그럴 때면 늘 아빠의 얼굴은 달라 보였다. 뭔가 중요한 게 빠진 것 같다고나 할까? 판다 눈 주위의 검정 무늬가 없어진 느낌이었다.

"오씨! 선물!"

"아, 맞다!"

삼촌은 방을 잽싸게 나가더니 5초 후에 세 개의 선물 상자를 가지고 돌아와 침대 위에 내려놓았다. 하나는 붉은 벨벳 리본이 둘러져 있는 작은 상자였고, 다른 하나는 가볍고 부드러운 것이 옷 같았고, 마지막 하나는 크고 딱딱한 무언가로 파란색 포장지에 싸여 있었다. 책 같았다. (아, 책은 아니기를 바랐다. 내 리스트 3번을 기억하지 않는가? 책을 읽지 않기.)

"누가 주는 거예요?"

난 아빠에게서 오씨 삼촌으로 시선을 돌렸다.

"셋 다 내가 주는 거란다." 아빠가 말했다.

삼촌은 겸연쩍어했다.

"아, 내가 어제 시간이 없어서. 오늘 아침에는 문 연 가게가 없고……."

"선물 가게 보고 새벽 6시에 문 열라고 해 보지 그랬어?"

아빠가 말했다.

"그렇지만 뭘 살지 정확히 내가 생각해 뒀거든. 조만간 받게 될 거야!"

삼촌의 말에 아빠는 눈을 찡그렸다.

"괜찮아요, 삼촌." 내가 말했다.

"아, 그놈의 ADHD 때문에……." 삼촌은 미안해하며 어깨를 으쓱했다.

할머니의 선물은 하얗고 엄청 부드러운 담요와 역시 하얗고 엄청 부드러운 토끼털 같아 보이고 촉감도 그와 비슷한 쿠션 이었다. (그런데 토끼는 아니어서 얼마나 다행이던지!) 너무너무 마음에 들었다. 아빠의 선물은 지도책과(책인데 안 읽어도 되고 그림만 보면 되는 책이라니! 딱 알맞지 않은가?) 세련된 스키니 진(짙은 파란색 이었는데, 빨간색이나 노란색으로 바꿀 생각이다.)이었다. 난 마지막으로 붉은 벨벳 리본이 달린 작은 상자를 열어 보려 했다. 아빠, 삼촌, 할머니 모두 기대에 차서 나만 바라보았다. 그 상자에 뭐가 들었는지 모두 아는 눈치였다.

"시계? 목걸이에요?" 내가 물었다.

상자를 흔들어 보자 아주 가볍고 아무것도 안에서 흔들리는 느낌이 나지 않았다. 나는 아주 천천히 벨벳 리본을 풀었다. 상자 뚜껑을 열자 사진이 하나 놓여 있었다. 처음에 난 이해하지 못했다. 강아지 사진이었다. 코커스패니얼 같았다. 연한 캐러멜색이었다. 너무 귀여워서 심장어택을 당할 것 같았다. 사진의 뒷면을 보자 이렇게 쓰여 있었다.

생일 축하해! 6주 후에 만나!

"이게 뭐예요?" 나는 아빠를 올려다보았다. 난 아직 이해가 되지 않았다.

아빠는 기쁜 듯이 눈을 반짝이며 말했다.

"네 강아지야! 네 거라고! 꽤 오래 고민했단다. 네가 강아지를 키우면 정말 좋을 것 같더구나. 너한테도, 우리한테도 좋을 거야. 그런 일이 있었으니…… 변화가 필요하다고 생각했어."

내 인지능력이 참 천천히도 작동했다. 강아지라…… 아! 강아지! 그제야 내 몸 안으로 따뜻하고 부드러운 것이 일어나 온몸을 감싸기 시작했다. 진짜로 내 무릎 위에다 캐러멜색의 작고 부드러운 강아지를 올려놓았을 때 느껴지는 그런 기분과 같을 거라는 생각이 들었다.

난 아빠를 빤히 바라보았다. 나는 한 살 때부터 강아지를 키우고 싶다고 아빠를 들들 볶아 댔다. 내가 세 번째로 말한 단어가 강아지였다. 첫 단어는 엄마였고 그 다음은 램프, 그 다음이 강아지였다. 아빠는 네 번째로 깨우친 단어다. 불쌍한 우리 아빠…… 물론 이제는 아빠가 제일 먼저다. 램프에 대한 내 관심은 그 후 엄청난 속도로 감소했다.

아빠가 나를 보았다. 아빠의 눈이 반짝이고 있었다. 난 슬쩍 눈길을 삼촌에게 돌렸다. 삼촌은 히스테릭한 미소를 지으며 몸의 중심을 한쪽 다리에서 다른 다리로 계속해서 이동시키고 있었는데 마치 춤 동작 같았다. 삼촌은 가만히 있지를 못한다. 할머니는 그냥 그렇게 내 침대맡에 묵중하게 미동 없이 앉아서 입가에 가만히 미소를 지었다.

강아지라니…… 내 강아지라니. 내가 끌어안고 뽀뽀하고 앉기, 구르기, 하이 파이브 하기를 가르칠 내 강아지라니!

아…… 이런!

느닷없이 얼음물 한 바가지가 내 머리 위로 끼얹어졌다! 강아지라고? 안 돼! 난 강아지를 키울 수가 없어! 절대 그럴 수 없지! 그건 불가능한 일이야!

리스트 2번, 살아 있는 것을 키우지 않기.

내 뱃속에서 돌고 있던 부드럽고 따뜻한 기운이 순식간에 사라졌다. 뜨거운 사우나에서 바로 나와 눈 속에 들어가는 것만 같았다. 난 그 작은 상자의 뚜껑을 닫아야만 했다. 그때 내 손은 떨리고 있었다. 그렇지만 나는 그 작고 몽실몽실하고 털이 복슬복슬한 강아지의 모습을 감춰야만 했다. 난 벨벳 리본도 다시 묶었다. 상자에 리본을 묶는 데 시간이 걸렸다. 두 번이나 둘러 리본을 꽉 묶었다.

"아빠, 안 돼요. 전 강아지를 키울 수 없어요."

아빠는 놀라서 어리둥절해하며 나를 보았다.

"그게 무슨 말이야?

"내가 강아지를 키울 수 없다는 말이에요."

아빠는 마치 뺨이라도 맞은 표정이었다.

"뭐…… 뭐, 뭐라고?"

"안 된다고요. 못 한다고요. 고맙지만 안 되겠어요."

난 눈물이 나오려는 걸 애써 참았다. 난 울지 않았다. 난 언제나 그렇듯 눈물이 나오는 것을 막아 돌려보냈다. 목이 꽉 막힌 듯 침을 삼킬 수가 없었다. 숨을 쉴 수 없을 것만 같았다. 난 침대에서 뛰쳐나왔다. 그 바람에 실수로 삼촌을 들이받고 이에 균형을 잃은 삼촌이 반년 동안 그 자리에 방치되어 먼지가 쌓인 레고 건물 모형 위로 넘어지고 말았다. 난 화장실로 달아나 문을 잠가 버렸다. 난 거울 속의 내 모습을 보았다. 이것이 나다. 사샤, 열두 살, 원자번호 12번 마그네슘, 화장실에 숨은, 아직 어색한 짧은 갈색 머리를 하고 있는, 동공 주위로 황금빛 원을 한 갈색 눈을 가진…… 엄마의 눈.

눈에 눈물이 가득 찼다. 난 조심스럽게 화장실 바닥에 누웠다. 눈물이 흘러내리지 않도록 말이다. 난 칠이 벗겨져 나가기 시작한 천장을 올려다보았다. 난 눈물이 떨어질까 봐 눈을 깜빡이지 않았다. 난 울지 않는다. 눈물이 볼을 타고 흐르지 않고 눈 안에 그대로 남아 있으면 그건 우는 것으로 치지 않는다.

난 신경을 다른 곳으로 돌리기 위해 리스트를 떠올렸다. *1. 머리카락 다 잘라 버리기. 2. 살아 있는 것 키우지 말기. 3. 책 읽지 않기. 4. 밝고 화려한 색깔의 옷만 입기. 5. 너무 많이 생각하지 않기. (가능한 한 아예 하지 않기) 6. 산책 피하기, 숲 피하기. 7. 코미디 퀸 되기.*

지금 여기 세기의 실수를 저지른 누군가가 누워 있나? 난 내스스로에게 물었다.

아니, 잘한 것이다. 그렇게 하는 게 맞다.

나 ♥ 멜타

난 이번엔 정말 친구들을 초대하는 생일 파티는 하고 싶지 않았다. 그럴 기분이 아니었다. 애들이 우리 집에 와서 돌아다니다 보면 작년에는 엄마가 있었는데 올해는 없다는 것을 이상하게 생각하겠지. 물론 다른 데에서 생일 파티를 할 수도 있다. 아빠는 헬라스 정원 옆의 숲에서 어드벤처 생일 파티를 하자고 제안하기도 했다. 그곳에는 다양한 어드벤처를 즐기는 세트장 같은 게 있는 모양이었다. 아빠 의도는 물론 좋았다. 그러나 나는 싫었다. 그 이유는,

첫 번째, 숲을 피해야 한다. (리스트 6번, 숲 피하기.)

두 번째, 밖에서, 그것도 3월에 파티를 한다고? 스웨덴에서? 내가 인디언 부족 출신이라면 모를까. (물론 나보고 인디언 부족이

되라고 한다면 난 차라리 내 몸에 불을 붙여 버릴 테다. 난 추운 게 너무 싫다.)

세 번째, 어드벤처 세트장이라니! 난 내 인생에서 더 이상의 모험은 사양한다.

네 번째, 이 어드벤처 세트장에는 여러 가지 말도 안 되는 게임 같은 것을 하게 되어 있는데, 그중 하나가 나무 위에 올라가서 걷는 것이다. 평평한 땅 위를 걷는 것도 충분히 힘든데 허공을 걷는다고? 예수님이 물 위를 걸었다고는 성경에 쓰여 있지만 예수님조차 허공을 걷는 건 못 하셨다! 땅이 왜 있겠는가? 건너다닐 수 있게 다리는 또 왜 지었고? 그런 건 안전하지가 않다. 안 될 일이지. 도전의 기회를 주겠다며 땅에서 10미터는 떨어진 곳에 흔들리는 판자 따위를 걸어 놓았을 거다. 어쩌면 그런 판자조차 없을 수도 있다. 낡아 빠진 밧줄에 대롱대롱 매달리게 되는 거지. 잘라 놓은 나무 조각들 위를 양손을 벌려 균형을 잡고 부들부들 떨며 건너야 하는 그런 곳일 테지. 다시 한번 말하지만 땅에서 10미터나 떨어져 있는 곳에 말이야. 그리고 마지막은 40미터 높이의 공중 케이블을 고작 작은 끈 같은 것에 고정시켜 타고 내려와서 흔들거리는 장난감 집 같은 곳에 착지하는 것. 그러니깐 이런 것들을 사람들은 돈까지 내고 자발적으로 한단 말이지.

다섯 번째, 난 파티할 기분이 아니다.

여섯 번째, 내가 유일하게 만나고 싶은 사람은 멜타였다.

멜타는 방과 후 나를 집으로 초대했다. 평소처럼 멜타와 함께 바로 집으로 가지 않고 나만 따로 30분 후에 멜타 집으로 갔다. 멜타가 먼저 해야 할 일이 있다고 해서였다. 멜타의 집에 도착해서 초인종을 누르자 멜타가 문을 열었지만 내가 "안녕!" 하고 인사도 하기 전에 그 애는 특유의 높고 갈라지는 목소리로 황급히 외쳤다. "기다려!"

멜타는 현관에 나를 세워 두고는 부엌으로 다시 급히 뛰어들어갔다.

나는 거기 서서 지나치게 심각한 표정을 짓고 있는 멜타 친척들의 흑백 사진이 벽에 걸려 있는 것을 보았다. 물론 피부가 아니라 사진이 흑백이란 말이다. 친척들은 멜타처럼 분홍빛 베이지 느낌이었다. 난 멜타의 피부색이 너무 마음에 든다. 거의 투명할 정도이다. 그 애가 눈을 감으면 눈꺼풀 위로 아주 얇은 핏줄들이 보일 지경이다. 멜타는 내 피부색이 더 좋단다. 일 년 내내 일광욕한 것 같다며 부러워한다. 엄마는 나와 같은 피부색이었다. 누구나 자기에게 없는 것을 더 부러워하는 법인가?

멜타네 현관 벽은 사진들로 빽빽했다. 액자들 간의 간격이 3센티미터도 되지 않았다. 한 사진에는 두 여자가 머리를 묶고 정면을 똑바로 응시하고 있었다. 그녀들이 입은 원피스에는 말도 안 되게 많은 단추가 달려 있었는데, 단추를 다 잠그려면 반나절은 족히 걸릴 것만 같았다. 그렇게 반나절 동안 단추를 잠그고 나면, 늦지 않게 잠자리에 들기 위해 다시 반나절 동안 단추를 풀어야 할 것 같았다. 아마도 그녀들은 이런 대화를 나누지 않았을까? "누가 지퍼 좀 당장 발명해 줄 수 없나?"

그런데 그 사진이 이상한 건 그게 아니었다. 두 여자는 그들 사이에 놓인 책상 위의 재봉틀을 양팔로 꼭 안고 있었다. 사랑하는 자식이라도 되는 것처럼 말이다.

다른 사진에는 한 남자가 정장차림에 조끼를 입고서, 윤이 나는 머리에 어마어마한 콧수염을 하고 있었다. 그는 박제된 여우 옆에 아주 자랑스럽고 만족한 듯 앉아 있었는데, 내 눈엔 그 박제 여우가 아주 지저분해 보였다. 나, 참. 이러고도 옛날 사람들이 우리 셀카를 비난한단 말인가!

그때 멜타가 나를 불렀다. "들어와!"

난 그제야 부엌으로 들어갈 수 있었다. 멜타가 우리 둘만을 위한 생일 파티를 준비한 것이었다!

난 그저 평소처럼 그냥 집에서 노는 줄로만 알았다. 식탁에는 내가 지금껏 본 것 중에 가장 큰 마랭스비스[6]가 놓여 있었다. 멜타는 마랭쉬이스라고 발음했지만 말이다. 사실 그게 더 맛나게 들렸다.

"어머나!" 나는 감탄하며 할머니가 했을 법한 동작으로 양손

---

6 머랭, 생크림, 아이스크림, 초코 시럽, 과일, 아몬드 등을 같이 뿌려 먹는 디저트.

을 모았다.

"언제 이걸 다 했어?" 멜타가 언제 시간을 내서 디저트를 완성했을지 도무지 알 길이 없는 나는 놀라워하며 물었다.

"학교 마치고?"

"오늘 아침에 완전 일찍 일어나서, 6시 좀 넘어서부터 했지. 장은 어제 봐 놨었고, 그리고 방금까지 해서 마무리한 거지!"

멜타는 숨도 쉬지 않고 단번에 말했다. 난 그때 내 눈이 딱 그 이모티콘의 하트 뽕뽕 눈으로 변해 있었을 거라 생각한다. 멜타는 정말 이 우주에서 최고다. 난 내가 멜타를 제일 좋아하는지, 마랭스비스를 제일 좋아하는지 헷갈렸다. 아니지, 당연히 잘 안다. 난 멜타를 가장 좋아한다. 물론 난 머랭스비스를 '싸랑'하지만.

"아이스크림 한 통 전부랑, 머랭 두 봉지, 바나나 세 개, 얼린 딸기 한 봉지를 거의 다 사용했어. 물론 초콜릿 시럽도 왕창!"

멜타는 기대에 가득 차서 나를 바라보면서 자신의 야구 모자를 다시 바로 썼다. 그러자 귀가 양쪽으로 더 튀어나왔다.

"멜타! 너 짱이야!"

멜타의 볼이 빨개졌다.

"네가 생크림을 좋아하는지 몰라서 크림을 뿌리지 않았는데, 생크림이 있긴 하거든. 그게…… 어, 어디 갔지?

멜타는 주위를 둘러보더니 키친타월 뒤에 숨겨 둔 생크림

스프레이를 꺼냈다.

"멜타! 내가 얼마나 생크림을 좋아하는지 보여 줄게!"

멜타는 내게 생크림 통을 건넸고 난 입안에 한가득 생크림 스프레이를 뿌렸다. 생크림은 차갑고 푹신푹신했다. 멜타는 큰 소리로 웃었다.

"기다려!" 멜타는 생크림이 가득 들어 있는 내 입안에 딸기 하나를 얹었다.

"에이으아아!"

내가 하려던 말은 "케이크 같아!"였지만 입안에 생크림이 너무 많아서 서서히 목구멍으로 흘러내려가기 시작했던지라 전혀 다른 소리만 났다.

우리는 웃음을 터뜨리고 말았고 생크림이 입에서 터져 나와 부엌 바닥에 떨어졌다.

멜타는 폭죽 초 두 개를 꺼내더니 내 입에 넣으려는 시늉을 하더니 마랭스비스에 꽂고 불을 붙였다. 포근한 황금빛 불꽃이 타오르기 시작하더니 공기 중으로 세차게 올라갔다. 그때 멜타가 노래를 부르기 시작했다.

"오래 오래 살아~"

내가 지금껏 들어 본 중에 가장 빠른 비트의 '오래오래 살아' 노래였다.

우리는 개인 접시를 꺼내지도 않고 바로 그릇째로 같이 먹기 시작했다. 멜타표 마랭스비스는 끝내주게 맛있었다. 차갑고, 폭신하고, 달달하고, 바삭하고! 우리는 "음~" 또는 "아~" 말고는 다른 한마디도 하지 않고 그 초대형 마랭스비스를 거의 다 먹어 치웠다.

그러자 멜타는 이제 침대에 누워서 좀 쉬자고 말했다. 멜타의 침대는 깔끔하게 정리가 되어 있었는데, 침대보 위에는 통통한 판다 인형과 열 개는 족히 될 것 같은 여러 가지 색깔의 쿠션들이 놓여 있었다. 난 멜타 옆으로 몸을 날려 누웠다. 위아래가 거꾸로 되었지만.

"내 얼굴에서 네 발 좀 치워 줄래?" 멜타가 말하며 자신의 뺨으로 내 다리를 밀었다.

"내 발에서 네 얼굴 좀 치워 줄래?" 내가 말했다.

그러자 멜타가 내 발바닥을 간지럽히는 바람에 난 다리를 들어 올렸다.

"와우! 이렇게 배불러 본 적이 없는 것 같아!" 난 터질 것 같이 부풀어 오른 내 배를 내려다보았다.

"이젠 그 무엇도 더 먹을 수 없어." 멜타가 가쁜 숨을 몰아쉬며 말했다. 그러더니 갑자기 몸을 일으켜 앉더니 침대 밑으로 손을 뻗어 선물 꾸러미를 꺼내 내게 던졌다.

선물 꾸러미는 내 허벅지에 닿았다가 침대보 위로 떨어졌다. 딱딱했다.

"엥? 선물이라고? 나한테?"

"왜 놀라? 오늘 네 생일이잖아!"

난 앉아서 선물 포장지를 풀었다. 책 같았다! 이런! 큰일이다! 리스트 3번, 책 읽지 않기. 그런데 포장지를 다 뜯자 책과 비슷하지만 다른 무언가가 드러났다. 그것은 공책이었다. 분홍색 플라밍고가 그려진 공책.

"재미있는 농담이나 개그, 여기에 다 적으라고! 스탠드 업 코미디에 쓸 거 말이야."

아…… 정말이지, 멜타는 최고다.

"멜타…… 고마워! 너무너무 좋아. 이제부터 난 배우기만 하면 돼. 어떻게 스탠드 업 코미디를 하는 건지…….."

난 억지로 웃었다.

"구글에게 물어보면 되지 않을까?"

멜타는 훌쩍 뛰어 책상 앞으로 가서 컴퓨터를 켰다. 예전에는 멜타가 자기 컴퓨터를 가지고 있는 것이 부러웠다. 지금은 나도 엄마의 옛날 컴퓨터를 쓰고 있다. 처음에는 절대로 사용하고 싶지 않았지만 결국 사용하게 되었다. 내가 사용하지 않으면 그냥 그렇게 가만히 먼지만 쌓일 테니.

멜타는 '스탠드 업 코미디, 어떻게 하는가?'라고 검색창에 쳤다. 다양한 정보가 떴다. 우리는 하나하나 살펴보았다. 가장 중요한 단어들을 내 새 공책에 적기도 했다.

셋업: 개그의 첫 부분, 개그를 이해하기 위해서 청중들이 알아야 할 정보.

펀치라인: 청중들을 웃게 할 부분. 요점.

멜타는 다시 침대로 가서 누웠다. 마랭쉬이스로 인해 혼수상태가 왔다고 했다. 난 멜타를 위해 소리를 내어 읽었다.

"셋업, 청중은 개그가 어떤 방향으로 진행되리라 짐작하지만 나중에 펀치에 다다르면 놀라게 된다."

"펀치? 그거 무슨 술 이름이야?" 멜타가 물었다.

"아 여기서 펀치는 우리 할머니가 콩 수프 먹을 때 같이 마시는 그 펀치 말고 펀치라인이야."

"아…… 그래……? 난 못 알아듣겠어……." 멜타는 잠이 쏟아지는 것 같았다.

"그러니까, 예를 들어 보자면 독일 사람이랑 러시아 사람이랑 벨보이가 있었는데……."

"왜 갑자기 벨보이야?" 멜타가 살짝 트림을 하며 물었다.

"아, 그냥 그런 거야. 조용히 하고 들어 봐! 독일 사람, 러시아 사람, 벨보이가 누구의 아빠가 더 작은지를 가지고 대결하고 있었어. 독일 사람이 '우리 아빠는 너무 작아서 신발 상자에 들어갈 수 있어.' 그러니깐 이번엔 러시아 사람이 '우리 아빠는 너무 작아서 성냥개비 상자에 들어갈 수 있어.'라고 했어."

"진짜 작은 아빠네!" 멜타가 말했다.

우리는 킥킥거렸다.

"오케이! 이게 셋업이야. 그런 것 같아." 내가 말했다. "그리고 이제! 바로 펀치라인이 온다는 거지! 이거야. 그러자 벨보이가 흐느끼기 시작하더니 이렇게 말했어. '우리 아빠는 카펫 모서리 아래로 떨어져서 죽었어.'"

멜타는 표정 하나 바뀌지 않고 나를 보더니 말했다.

"흠, 올해 내가 들은 제일 웃긴 개그라고는 할 수 없겠다." 멜타는 하품을 크게 했다.

멜타는 참 착한데 또 참 정직하다. 물론 그게 좋은 거지만 난 입을 삐죽 내밀었다. 난 다시 몸을 돌려 계속해서 썼다.

루틴: 같은 테마의 여러 개그.

세트: 여러 개그 또는 루틴이 모인 것. 한 세트는 몇 분에서 몇 시간까지 다양한데 쇼에 따라 다르다.

폭탄 투하: 폭망하는 것. 아무도 웃지 않는 것.

죽이기: 너무 잘 되어 끝내 버리는 것. 모두가 웃는 것.

웃기기 기술을 배울 때조차 엄마를 생각하게 하는 단어가 있다면 정말 생각을 없애 버려야겠다. 리스트 5번, 너무 많이 생각하지 않기. 너무 많이 생각하지 않기. 너무 많이 생각하지 않기.

난 달팽이처럼 기어서 침대로 갔다. 멜타는 쿠션 더미 위에서 잠이 든 것 같았다.

멜타의 금빛 곱슬머리가 헝클어져 있었고 야구 모자는 눈 위로 내려와 있었다. 그때 난 개그 하나를 떠올렸다. 괜찮은 개그였다. 벨보이 개그랑은 차원이 다른 것이었다. 난 핸드폰에서 〈웃기고 성가신 것들〉 리스트를 찍어 둔 사진을 찾았다.

햄스터 수염, 엉킨 이어폰, 영화를 볼 때 이해를 못하는 사람, 사람들이 SNS에서 하는 것, 문을 안 닫고 가는 아빠.

어느 것 하나도 진짜로 웃기지는 않는다. 침대에서 작게 코고는 소리가 났다. 멜타가 정말 많이 피곤한가 보다. 바로 그때 나는 한 가지를 떠올렸는데 내가 지난주에 학교 마치고 설탕 입힌 도넛을 하나 샀을 때 벌어진 일이다. 그 일 어딘가에 재미있는 개그가 숨어 있다는 느낌이 들었다. 내 뇌 뒤쪽 어딘가를 속이는 듯하다고나 할까?

난 글을 쓰기 시작했다. 쓰고 지우고 다시 썼다. 몇 분이 흘렀을까? 난 내 새 플라밍고 공책에 쓰고 또 썼다. 난 작게 혼잣말도 해 보았다. 여러 형식을 시도해 보았다. 가장 웃기고 재미있는 것이 뭘까? 난 시간 가는 줄 모르고 삼십 분이고 한 시간이고 글을 쓴 끝에 드디어 완성했다. 내가 디지털시계를 잘 못읽는 거랑 상관없이 시간 가는 것을 잊었다.

그렇게 나는 개그 하나를 완성했다. 최초의 내 오리지널 개그 말이다! 셋업, 펀치라인, 이런 것들이 다 있는 제대로 된 개그! 난 자리에서 일어나 멜타를 깨웠다.

멜타의 야구 모자를 들추고 눈꺼풀을 집게손가락으로 살짝 눌렀다. 그러자 멜타의 파란 눈이 억지로 떠졌다.

"멜타! 멜타! 들어 봐!"

"뭐?"

"내 최초의 정식 개그를 완성했어!"

멜타는 하품을 하고 고양이처럼 기지개를 켰다.

"좋아, 해 봐!"

난 멜타 앞에 섰다. 크게 숨을 들이마시다가 내쉬었다. 이상하게 긴장이 되었다. 그렇지만 내가 멜타 앞에서 하지 못한다면 그 누구 앞에서 할 수 있단 말인가? 입을 떼자 심장이 가슴에서 쿵쾅거렸다.

"자, 그러니까 내가 며칠 전에 빵집에서 도넛을 하나 샀는데……."

"어디 빵집? 만헴?"

"아, 그건 중요한 게 아니고. 가만히 들어 봐! 도넛 영수증을 받았는데, 아니…… 그게 말이지…… 도넛 하나 사고 난 영수증은 필요 없단 말이지. 돈을 냈고, 난 도넛을 받았으면 그걸로 끝이지, 이 거래에 종이와 잉크를 낭비할 이유가 전혀 없다는 것이지!"

난 기교적으로 살짝 뜸을 들였다가 이렇게 끝을 맺었다.

"아니, 내가 도넛을 샀다는 것을 증명해야 할 상황을 생각해 내기란 쉽지 않은 것이지."

멜타의 입꼬리가 올라가더니 코 사이로 피식하고 웃었다.

"재미있어. 그런데 난 그 도넛이란 말이 별로야." 멜타가 말했다.

그 순간, 대문이 열리더니 갑자기 집 안이 시끌벅적해지는 소리가 들렸다. 멜타의 엄마와 아빠, 남동생이 함께 집으로 들어온 것이었다.

"메뗀, 메뗀, 집에 있어? 누야?" 멜타의 남동생이 소리쳤다.

"오, 안 돼!" 멜타가 볼멘소리를 냈다. "밴조 암살자가 집에 돌아왔어."

눈물을
밀어 넣는 방법

"울지를 않아! 어찌해야 할지를 모르겠어. 6개월이나 지났잖아……. 이건 정상이 아니야."

어느 날 늦은 저녁에 아빠가 전화기에 대고 이렇게 말하는 것을 들었다. 아빠는 내가 자는 줄 알았겠지만 아니었다. 난 핸드폰으로 유튜브에서 스탠드 업 코미디 클립 영상을 보고 있었다. 한쪽 귀에만 이어폰을 끼고 있으면서 아빠가 방으로 다가오는 소리를 들은 참이었다. 30분 전에 끌 생각이었지만 아빠 목소리를 듣자 이어폰을 빼고 가만히 누워 있었다. 난 어둠 속에서 다스 베이더의 실루엣을 응시했다.

"알아, 그래도 걱정된다고. 묘지에도 가려고 하지 않고 강아지 키우는 것도 마다하다니! 아…… 나 도무지 모르겠어."

그리고는 조용해졌다. 아빠가 뭔가를 중얼거렸는데 듣지 못했다. 난 아빠가 누구와 통화하는지 궁금했다. 오씨 삼촌은 아닐 거고. 아빠 친구나 할머니일까? 난 아빠가 내가 없는 데서 내 이야기를 하는 게 싫다.

그리고 아빠는 내가 아빠를 위해 그런다는 걸 모른단 말인가? 안 그래도 슬픈 아빠를 더 슬프게 하지 않으려고 그런다는 걸 모르나? 아빠가 위로해야 하는 그런 존재가 되기 싫어서 그런다는 걸. 엄마 같은 존재 말이다…….

아빠가 엄마의 침대맡에 앉아 있었던 모든 순간이, 아빠가 "엄마는 좀 쉬어야 해."라고 말했던 모든 순간이, 엄마가 우리와 같이 할머니 집에, 공원에, 파티에 가지 않았던 그 모든 순간이, 엄마가 흘렸던 그 모든 눈물이 엄마 자신 때문이 아니었던 것 같다. 엄마는 숨을 헐떡이며 울부짖은 적이 단 한 번도 없었다. 그저 조용히 눈물이 흐르고 흘러 양 뺨을 적실 뿐이었다. 그 많은 눈물들! 그 눈물들을 다 모으면 욕조를 가득 채울 테지.

그래서, 바로 그래서 난 울지 않는다. 온 힘을 다해 울기를 거부한다. 그럼에도 가끔 눈물이 난다. 그럴 때는 정말 싫다. 그럴 때마다 참는다. 눈물을 도로 넣으려 안간힘을 쓴다. 참고 참고 또 참는다. 어렵지만 효과는 있다. 목에 덩어리가 올라오는 것을 삼켜 낸다. 가끔 너무 어려울 때는 화장실에 간다. 바닥에 누워서 눈물이 흘러내리지 않게 한다. 그럼에도 살짝 빠져나가는 눈물이 있으면 눈 안으로 다시 밀어 넣는다. 나오자마자 바로 그 자리에 돌려놓는 것이다. 도로 밀어 넣는 것이다.

가장 좋은 방법은 신경을 다른 곳에 돌리는 것이다. 영화를 본다거나 크내케브로트[7]를 요란스럽게 씹어 먹어서 소리를 낸다거나 말이다. 바사 스포츠[8]가 부스럭 소리가 제일 크기 때문에 신경을 돌리기에 좋다.

그리고 내 리스트를 줄줄 읽어 나간다. 머리카락 다 잘라 버리기, 살아 있는 것 키우지 말기, 책 읽지 않기, 밝고 화려한 색깔의 옷만 입기, 너무 많이 생각하지 않기, 산책 피하기, 숲 피하기, 코미디 퀸 되기!

그러면 더 이상 아무 말도 들리지 않는다. 중얼거리는 기도 소리 같이 희미하게 들린다.

아빠의 목소리가 이제 훨씬 작아졌다. 거실로 간 모양이다. 더 이상 들을 수가 없다. 난 부엌으로 몰래 나가 엿들을까 생각했다. 그때 아빠가 거의 소리를 질렀다.

"아동 정신과 상담?"

내 몸 전체가 굳어 버렸다. 아동 정신과 상담. 정신과. 엄마

---

7 호밀과 통밀로 구운 딱딱하고 얇은 빵. 북유럽 등지에서 주로 먹는다.
8 유명한 크내케브러드 브랜드.

가 받았던 거다.

난 절대 안 할 거다. 난 아프지 않다. 난 정신이 이상한 게 아니다. 난 아빠의 목소리에 귀를 기울였다. 단어를 드문드문 들을 수 있었다.

"도움이… 될…… 정신과…… 걱정……."

갑자기 밖이 조용해지자 난 아빠가 전화를 끊었음을 알았다. 곧 텔레비전에서 소리가 났다. 피아노 음악이었다.

난 잠을 잘 수 없었다. 너무 화가 났기 때문이다. 그리고 너무나도 무서웠다. 세상의 그 어떤 웃기는 유튜브 동영상도 도움이 되질 않았다.

사람 마음이
바뀔 수 있는 거죠!

며칠 뒤, 난 학교를 마치고 오씨 삼촌을 만났다. 내 생일에 받지 못한 선물을 받기 위해서였다. 우리는 스칸스툴 지하철 역에서 만났다. 길 가장자리로 치워진 눈이 갈색이 되어 쌓여 있었다.

삼촌과 길을 걸을 때면 난 왠지 으쓱해진다. 삼촌은 록스타 같은 모습을 하고 있기 때문이다. 삼촌은 천 개쯤 되는 휘황찬란한 지퍼들이 달려 있는 검정 가죽 재킷을 입었고, 꽉 끼는 진 청바지에 부츠를 신고 있었다. 그날은 흰색 셔츠도 입었는데, 카드 문양인 클로버, 하트, 스페이드가 그려져 있었고, 두꺼운 갈색 스웨터 아래로 셔츠가 살짝 드러나 보였다. 아, 그리고 머리 스타일! 삼촌은 엘비스 프레슬리 머리를 하고 있었다.

우리는 '툉'이라는 곳에 갔는데, 오씨 삼촌은 그곳의 모두와 아는 것 같았다. 진짜 그 사람들을 아는 건지는 사실 잘 모르겠다. 삼촌은 알든 모르든 누구와도 다 이야기를 하는 사람이다. 누구와도, 무엇에 관해서라도 삼촌은 이야기를 할 수 있다.

오씨 삼촌의 성격을 보여 주는 세 가지 사건을 말하자면……

사건 1. 버스 정류장에서 잉에예드라는 아주머니와 제라늄에 대해 이야기를 하기 시작했다. 삼촌은 제라늄에 대해서는 아는 것이 아무것도 없지만 그럼에도 삼촌은 늘 그렇듯, 모르는 것에 대해서도 얼마든지 이야기를 할 수 있었던 것이다. 그렇게 대화를 나누고는 둘은 둘도 없는 친구가 되었다. 지금도 삼촌은 잉에예드 아주머니를 일주일에 한 번은 방문한다. 아주머니는 삼촌에게 점심을 해 준다. (아주 다행스러운 일이다. 알겠지만 ADHD 때문에 삼촌은 먹는 것을 매번 잊어버리기 때문이다.) 그리고 삼촌은 아주머니 집의 전구를 갈아 주고 쓰레기 분리수거를 해 주고, 아주머니 집의 뻐꾸기시계도 고쳐 준다. 아주머니도 삼촌도 윈윈인 것이다.

사건 2. 또 한번은 화장실 앞에서 줄을 서다가 한 남자와 록앤롤과 엘비스 프레슬리에 대해(그 남자가 삼촌의 엘비스 머리에 감탄했기 때문에) 말하기 시작했는데, 마침 그 남자가 아파트를 팔고 세계 일주를 계획하고 있다는 것도 알게 되었다. 오씨 삼촌이 너무 괜찮다고 생각한 그는 삼촌에게 전자 기타를 무려 다섯 대나 그냥 줘 버렸다. 다섯 대나! 삼촌은 평생 돈이라고는 가져 본 적이 없는 사람인데, 이제는 연주할 줄도 모르는 전자 기타가 다섯 대나 생겼다. 삼촌이 비록 옷은 록스타같이 입고 다니지만 기타는 전혀 칠 줄 모른다. 그 기타들은 아마도 수천 크로나는 족히 나갈 것이다. 아빠는 삼촌이 그 기타들을 팔아서 더 이상 아빠한테 돈을 빌리지 않기를 바랐지만 삼촌은 선물은 파는 것이 아니라고 생각하는 사람이다. 게다가 삼촌은 그 전자 기타가 벽에 걸어 두기에 더할 나위 없이 멋있다고 생각한다. 나 역시 거기엔 동의한다. 특히 민트색의 기묘하게 멋진 기타는 정말 끝내준다.

사건 3. 삼촌은 공원에서 아주 작은 개를 산책시키러 나온 한 남자와 이야기를 나누기 시작했다. 그 남자 뒤에는 진지하고 근엄한 얼굴의 몸집 커다란 남자 두 명이 검정 정장 차림에 검정 선글라스를 끼고서 주변을 유심히 살펴보고 있었다고 했다. 어떠한 이유인지는 모르겠지만 삼촌과 그 남자는 스티커를 떼어 내는 법에 대해 이야기를 나누게 되었다. (아무도 그런 이야기를 하게 된 이유는 모른다.) 그 남자는 아들이 하나 있는데 그 아들이 집 안의 문이란 문에 죄다 스티커를 빼곡히 붙여 놓았다고 했다. 그걸 나중에 떼어 내려고 하니 안 되더라는 것이다.

이에 삼촌이 어떤 특별한 가솔린을 쓰면 깨끗하게 스티커를 떼어 낼 수 있다고 알려 주자, 그 남자가 그렇게 고마워하며 삼촌과 악수를 청했다고 한다. 그리고 며칠 후에 삼촌이 우리 집에서 같이 텔레비전을 보다가 뉴스에 나오는 한 남자를 보고 "나 저 사람 아는데!"라고 했다. 공원에서 만난 그 남자는 다름 아닌 국무총리였던 것이다. 아빠는 삼촌이 10여 분 이상을 함께 대화를 나눴음에도 어떻게 국무총리를 못 알아볼 수 있었는지 도무지 이해할 수 없다고 했다. 그러나 삼촌은 원래 정치에 관심이 없다. "그 개가 하도 귀여워서 개한테 더 정신이 팔려 있었지, 뭐."라고 삼촌은 말했다. 나도 동물들을 아주 좋아하다 보니 삼촌을 이해할 수 있다. 다만 삼촌이 국무총리에 더 관심이 있었더라면 더 재미있는 상황이 되었겠지만 말이다.

삼촌이 사람들과 이야기를 하게 되면 대부분의 경우 재미있다. 그러나 가끔은 너무 시간이 많이 지체되기도 한다. 삼촌이 마주치는 모든 제라늄 애호가, 기타 소유자, 국무총리랑 몽땅 다 이야기를 나누려면 70년은 족히 걸릴 것이다.

그런데 지금 삼촌이 계산대에 있는 금발의 여자 종업원과 이야기를 나누는 데에는 5분밖에 걸리지 않았다. 삼촌에겐 정말 짧게 대화를 끝낸 것이다.

삼촌은 오후 5시가 되었기 때문에 괜찮다며 맥주를 한 병 시켰다. 그리고 나는 코카콜라와 설탕이 범벅된 커다란 불레⁹를 받았다. 우리는 한 테이블에 앉았고 삼촌이 가방에서 선물 꾸러미를 꺼냈다. 선물은 말들이 그려진 포장지로 싸여 있었다. 삼촌이 직접 포장했음을 충분히 알 수 있었고 가방 안에 며칠은 들어 있었을 것 같은 상태였다. 한곳에는 포장지에 구멍까지 나 있었다.

"이야. 고마워요, 삼촌!" 내가 말했다.

"그래!" 삼촌이 대답하며 맥주를 한 모금 마셨다.

삼촌은 지퍼가 달린 가죽 재킷을 요란하게 벗어서 의자에 걸었고, 털썩 앉더니 다리를 위아래로 떨었다. 선물 포장을 펼쳤을 때 나타난 것은 갈색 가죽으로 된 개 목걸이였다. 난 눈을 동그랗게 뜨고 삼촌을 올려다보았다.

"이건······."

"왜?"

"나 개 안 키울 건데요?"

"안 키워?"

"네······. 내가 말 안 했어요?"

"난 당연히 농담인 줄 알았지!"

"왜요?"

---

9 스웨덴에서 많이 먹는 작고 둥근 시나몬 빵.

"너 강아지 갖고 싶다고 태어날 때부터 하루도 안 빠지고 징징댔는데! 강아지란 단어가 네가 제일 처음 말한 단어 아냐? 난 그렇게 기억하는데."

"세 번째 단어요⋯⋯."

"허구한 날 개, 강아지⋯⋯ 네가 얼마나 잘 키울 수 있고, 얼마나 훌륭한 주인이 될 수 있고⋯⋯ 그런 얘기를 네가 얼마나 많이 했는데 무슨 소리야, 도대체?"

"사람 마음이 바뀔 수 있는 거죠!"

"그건 그렇지만⋯⋯."

"고마워요. 정말이에요, 삼촌. 너무 고맙지만⋯⋯ 전 강아지를 키우지 않을 거고, 그래서 이것도 필요 없어요. 어쨌든 고마워요."

난 테이블 위에 개 목걸이를 내려놓았다.

"그럼 이제 이건 어디다 쓰지? 그리고 그 개는? 네 아빠가 이미 예약했을 텐데. 돈도 다 지불하고. 몇 천 크로나는 될걸."

그 생각은 전혀 못했다. 아빠가 돈을 냈다고는⋯⋯ 난 그 캐러멜 색깔의 코커스패니얼 강아지를 떠올렸다. 다른 누군가가 그 강아지의 주인이 될 거라 생각하니 마음이 아팠다. 정말로 가슴이 아파 왔다.

"나도 몰라요! 다른 사람이 데려가겠죠!"

"알겠어, 알았다고. 소리 지를 것 없어."

삼촌은 손을 휘저으며 나를 진정시키려 했다. 난 삼촌의 시선을 피하려고 격렬하게 불레를 먹었다. 삼촌은 턱을 내리고 맥주를 한 모금 들이키고는 나를 심각하게 보았다.

"네가 그러고 싶다면 그래야지."

"네. 그러고 싶어요." 내가 말했다.

그 금발의 종업원은 2미터 정도 떨어진 곳에서 테이블을 닦고 접시를 치우면서 삼촌을 힐끗거렸다. 그녀는 삼촌이 멋지다고 생각하는 것 같았다. 많은 사람들이 그렇게 생각한다. 그런데도 삼촌은 아무것도 눈치 채지 못하고 내게 이렇게 말할 뿐이었다.

"개 목걸이는 환불이 안 되지만 동물 가게에 있는 다른 아무거나랑 바꿀 수 있어. 고양이 사료, 톱밥, 수족관 자갈! 뭐든 말이야!"

난 웃었다.

"그거 괜찮은데요? 수족관 자갈은 누구나 늘 가지고 싶어 하는 거잖아요!"

"아니면 개 뼈다귀나 작은 로봇 쥐 같은 것도 괜찮지 않을까?"

"고양이 핥기 판자나 새 모이 몇 킬로그램도 괜찮고요!"

내 말에 삼촌이 하도 크게 웃어서 금발의 종업원과 몇몇의 손님들이 우리를 돌아보았다.

"너 정말 웃겨!" 삼촌이 말했다.

"정말요? 그렇게 생각해요?"

난 이걸로 뭔가 재미있는 개그를 만들 수 있을지 생각했다. 난 곧바로 플라밍고 공책을 꺼내 펼쳤다.

"물론이지! 너는 내가 아는 애 중에 제일 웃겨!"

난 배 속이 따뜻해지는 것을 느꼈다. 나는 공책에 '동물 가게에서 바꿀 수 있는 물건'이라고 적으며, 어쩌면 내가 꽤 괜찮은 유머 감각의 소유자일지도 모르겠다고 생각했다. 갑자기 떠오른 생각에 내가 너무 섣부르게 판단했나 하고 멈칫하게 됐지만.

"잠깐! 삼촌이 아는 애가 몇 명이나 돼요?"

"음…… 그게…… 어디 보자…… 하나…… 둘…… 아니, 그냥 너 하나군. 너."

삼촌이 웃었다.

"뭐예요!" 난 삼촌의 팔을 때렸다.

삼촌은 내 불레를 빼앗아 한 입 물고는 생각에 잠긴 듯하더니 나에게 물었다.

"다른 것 뭐 갖고 싶어? 당장 마음에 드는 고양이 핥기 판자를 못 찾는다면 말이야."

"음……."

나는 잠시 고민했다. 창문 밖을 보니 한 엄마가 유모차를 밀고 지나가고 있었다. 어린 꼬마는 자전거를 타고 그 옆을 지나갔다. 금발의 여자 종업원은 빠르고 익숙한 손놀림으로 쓰레기 봉지를 가게 입구 앞에 내놓고 있었다. 그때 갑자기 인생에 세 번 정도밖에 찾아오지 않을 반짝이는 아이디어가 떠올랐다.

"삼촌! 나 좀 도와주세요. 스탠드 업 코미디언이 되는 거요!"

"뭐가 되는 거? 뭐라고?"

"스탠드 업이요! 스탠드 업 코미디언이요! 나는 스탠드 업 코미디언이 될 거예요. 삼촌이 도와주세요! 내가 코미디 퀸이 될 수 있게 도와주세요!"

삼촌은 마치 나를 최면이라도 걸 것처럼 뚫어져라 쳐다봤다. 다리도 전혀 떨지 않고 말이다.

"내가 물론 엄청나게 웃기긴 하지. 그런데 난 무슨 가르치는 법이나 그런 건 잘 모르는데……."

"아니요, 삼촌이 나를 가르치라는 게 아니고요. 음…… 나도 잘은 모르겠지만, 삼촌이 아는 코미디언을 나한테 소개해 줘서 가르치게 해 주면 안 될까요?"

그러자 삼촌은 다시 생명을 얻은 양 눈을 반짝이더니, 반색을 하며 말했다. "아! 그래, 당장은 어떻게 내가 너를 도울 수 있을지 정확히 모르겠지만 그게 우리 사샤가 원하는 거라면 꼭 내가 어떻게든 해 볼게."

"그게 내가 원하는 거예요."

난 손을 내밀었고 삼촌은 내 손을 잡았다. 삼촌이 손을 잡고 어찌나 격렬히 흔들던지 삼촌의 엘비스 머리가 출렁였다.

"한 가지 약속해야 해요. 아빠한테는 절대 비밀이에요!"

"아니 왜?"

"놀라게 해 드리려고요."

아빠가 다시 기뻐할 것이다. 내가 꼭 그렇게 되게 할 것이다.

"알겠어." 삼촌이 말했다. 삼촌은 자리에서 일어나면서 입에 담배 한 개비를 물었다. "잠시 나가서 담배 한 대만 피울 건데 같이 나갈래?"

"난 담배 못 피우는 거 알죠?"

"하하, 웃겨 웃겨!" 삼촌이 말했다. "나가자!"

삼촌은 내가 아는 사람 중 가장 외로움을 많이 타는 사람이다. 담배 피우는 5분조차도 혼자 있고 싶어 하지 않는다.

난 점퍼를 입으며 말했다.

"이렇게 기쁠 데가! 영하의 날씨에 밖에 나와 눈 위에서 얼굴에 담배 연기를 맞는 걸 얼마나 간절히 원했는데요!"

"운수 좋은 날이지, 사샤."

밝고 정상적인

우리는 청소년 정신과 대기실의 지나치게 파란색인 소파 위에 앉아 있었다. 저쪽 구석에는 똑같이 지나치게 파란색인 의자에 긴 검은색 머리의 남자가 앉아 있었는데, 그는 커다란 빨간색 헤드셋을 끼고 음악에 맞춰 고개를 까딱이고 있었다.

그 남자는 마치 청력을 잃지 못해서 안달이 난 사람 같았다. 그의 헤드셋에서 흘러나오는 노래를 멀리 떨어져 있는 나까지 들을 수 있었으니까.

난 너무 화가 나서 말도 할 수 없을 지경이었다. 그렇지만 내가 화가 났다는 걸 절대 티 내지 않기로 했다. 난 전략이 있었다. 난 의사 선생님에게 내가 세상에서 가장 밝은 사람이라는 사실을 보여 줄 참이었다.

사람들이 나를 보고 저렇게 기분이 좋아 보이는 사람은 본적 없다고 생각하게 해 줄 것이다. 난 내 생일 선물로 아빠에게 받은 스키니 진과(빨간색으로 바꿨지만) 흰색과 파란색이 섞인 티셔츠를 입었다. 너무나도 평범하고 정상적인 옷이면서 동시에 밝고 화려한 색이라고 생각했다. 난 환하게 미소 지으며 핸드폰 카메라로 내가 어떻게 보이는지 확인했다. 약간 어색해 보였다. 내 눈이 너무 팽창되어 보였다. 난 조금 더 부드럽고 자연스럽게 웃어 보려고 했다. 내 눈이 탁구공 같아 보이지 않도록 말이다.

"뭐해?" 갑자기 아빠가 물었다.

난 아무도 날 보지 않는다고 생각한 것이다. 아빠가 방금 전까지 읽고 있던 손톱 곰팡이에 대한 재미없는 정보지를 내려놓으며 자리에 앉았다.

"셀카 찍어요." 난 이렇게 말하고 정말로 셀카를 찍었다.

"여기서? 정신과에서?"

"네…… 왜요? 이상한가요?"

사실 나도 마음속으로는 내 행동이 좀 이상했다는 것을 인정했다.

그때 짧고 밝은색 머리의 여자가 걸어오더니 문 앞에 섰다. 그녀는 치즈와 토마토 조각을 몸에 붙인 타코와 소시지가 서로 웃으며 하이파이브를 하는 그림이 그려진 티셔츠에 커다란 군인 바지를 입고 있었다.

"사샤?"

그녀가 나를 보았다. 나 역시 어리둥절해하며 그녀를 보았다. 나를 왜 부르지? 그녀는 이번에는 아빠를 보았다. 아빠도 그녀를 쳐다보았다. 나는 어리둥절해하며 아빠를 보았고 아빠 역시 어리둥절해서 나를 보았다. 아무도 지금 이 상황을 이해하지 못하는 눈치였다. 헤드셋을 한 그 남자도 우리를 멀뚱멀뚱 보았다.

"아…… 그쪽이…… 그러니까……?" 아빠가 말을 더듬었다.

"린이라고 해요." 그 여자가 말했다. "제가 담당 의사예요."

"아! 네!" 아빠가 대답했다.

물론 나도 정신과 의사의 이름은 구닐라[10]고, 흰머리가 났고, 백 살은 됐을 거라고 생각한 것은 아니지만, 이건 정말 예상 밖이다. 이렇게 젊은 의사가 있을 수 있나? 그것도 저렇게 웃기는 티셔츠를 입은 사람이? 약간 불법 아닌가? 우울한 사람이라면 저 티셔츠를 보고 속이 메스꺼울 수도 있을 것 같다. 물론 나야 우울함은 하나도 없기 때문에 저런 티셔츠가 전혀 문제가 되지 않지만 말이다.

아빠와 나는 동시에 자리에서 일어났다. 딱히 그런 게 아니

---

10 할머니 세대에 많은 여자 이름.

었지만 꼭 서로 먼저 린 선생님에게 다가가려고 다투는 것처럼 보였다. 마치 선생님이 비욘세고 우리는 그녀의 열렬한 팬인 것처럼. 내가 먼저 그녀에게 악수를 청하며 인사했다.

"샤샤…… 아니, 저는 사샤입니다."

이런! 내 이름을 틀리게 발음하다니! 세상에 누가 자기 이름도 제대로 발음을 못 한단 말인가? 한 번도 이런 일은 없었는데. 아…… 뭐 어렸을 때 난 스스로를 보이보이라고 부르긴 했지만, 왜인진 모르겠고.

내가 내 이름을 잘못 발음한 끔찍한 사태를 만회하고자 나는 최대한 밝게 인사했다.

"만나서 반갑습니다!" 내가 들어도 적당히 상냥하고 즐겁게 들리는 목소리였다.

아빠는 나를 이상하다는 듯이 보더니 선생님에게 손을 뻗어 악수했다.

"아베11…… 아니, 저는 알베르트입니다."

"이쪽으로 오세요." 린 선생님이 우리 앞에 서서 복도를 따라 걸어갔다.

우리가 뒤를 따라가는 동안 나는 아빠를 보고 눈을 크게 뜨고 양 손바닥을 위로 올려 보이면서 '도대체 이게 뭐죠?'라는

---

11 알베르트를 줄인 이름으로 가족, 친한 사람들끼리 편하게 부르는 애칭. 스웨덴에는 정식 이름 외에 편히 부르는 애칭이 있는 경우가 많다.

제스처를 취했다. 아빠도 어깨를 으쓱하며 나를 보고 '그러게, 나도 모르겠어.'라는 듯한 눈짓을 했다. 바로 그 순간 린 선생님이 우리를 향해 획 돌아서더니 "여기예요." 하며 약간 열린 문 쪽을 가리켰다.

그 안으로 작은 탁자가 중간에, 그 주위로 네 개의 작은 안락의자가 놓여 있는 것이 보였다. 그리고 구석에는 책상이 놓여 있었는데 창문을 통해 햇살이 어찌나 강렬하게 내리쬐던지 나는 그만 눈을 감았다. 린 선생님은 급히 안으로 들어가서 블라인드를 내렸다.

"빛이 강하죠!" 선생님이 말했다.

"빛이 강한 게 나쁘진 않죠. 왜냐하면 전 밝고 정상적인 아이로서 해와 같이 밝은 빛, 따뜻한 것이면 다 좋아하니까요." 내가 말했다.

밝은 아이들은 해를 당연히 좋아하겠지? 그렇지? 그림을 그리라고 했으면 좋겠다. 그러면 해를 그릴 텐데. 붉은 집도, 놀고 있는 행복한 아이도.

난 할머니가 그러는 것처럼 구석에 놓인 안락의자에 앉았다. 할머니는 절대로 문을 등지고 앉지 않는다. 할머니가 말하길, 어떤 카우보이도 그러지 않는다는 것이다. 뒤에서 총에 맞을 위험을 피하기 위해서 말이다. 할머니가 카우보이가 될 일은 없겠지만, 할머니처럼 총에 맞을 위험이 적은 사람도 없겠지만 어쨌든 할머니는 그 편이 더 안전하다고 느끼는 것 같다.

우리가 모두 자리에 앉자 린 선생님이 입을 열었다.

"전 린이라고 하고 정신과 의사입니다. 전화하셨을 때 대화를 나눈 사람이 저는 아닙니다, 아베 씨. 아…… 죄송해요, 알베르트 씨. 하지만 신청 양식을 읽었습니다. 사샤, 엄마한테 무슨 일이 있었는지 알아. 자살하신 거."

자살하신 거.

그녀가 내뱉은 그 말은 공기 중에 떠 있는 것 같았다. 우리들 사이에 그렇게 걸려 있었다. 글자에 불이 활활 붙어서. 선생님이 그 단어를 말한 것이 좋아할 일은 아닌 것 같지만 난 인정할 수밖에 없었다. 나는 그녀가 있는 그대로 말한 것이 마음에 들었다. 사람들은 수군댔었다. 내가 못 듣는 줄 알고 조용조용 속삭였다. 엄마가 '잠들었다'는 둥, '더 이상 우리와 함께하지 않는다'는 둥, 아니면 '떠나셨다'는 식으로 말했다. 떠났으면 다시 집에 올 수 있는 거 아닌가.

린 선생님은 아빠에게로 시선을 돌렸다.

"따님을 걱정하고 계신 거 이해합니다. 사샤가 감정을 내보이지 않아서요…… 그렇죠?"

내가 감정을 많이 내보인다는 것을 보여 주기 위해서 난 크게 미소를 지었다. 그것도 기쁜 감정. 왜냐면 나는 밝고 정상적인 아이니까.

"아, 네." 아빠가 말했다.

그러자 그녀는 내게로 몸을 돌렸다.

"사샤, 내가 사샤를 몰라서 그러는데, 사샤에 대해 조금 말해 줄 수 있을까? 일상에 대해서? 시간 나면 뭘 하는 걸 좋아한다든지 그런 것?"

"아…… 네?"

"바로 이야기하기 어려우면 내가 먼저 나에 대해서 이야기할까?" 선생님이 말했다.

"아니에요. 제가 먼저 말할 수 있는데, 지금 너무 화장실에 가고 싶어서요." 난 크게 미소 지었다.

"지금?" 아빠가 물었다.

"네." 내가 대답했다.

"그래."

린 선생님은 자리에서 일어나서 문을 열고 몇 미터 떨어진 곳에 있는 화장실을 보여 주었다. 나는 곧장 일어나 빠른 걸음으로 나갔다. 화장실에서 난 핸드폰으로 '밝고 정상적인 아이들은 무엇을 할까?'를 검색했다. 당장 써먹을 수 있는 답은 찾지 못하고 단지 아이들은 밝은 색깔을 좋아한다는 내용만 찾았다. 난 코웃음을 쳤다. 정말 바보 같은 소리 아닌가! 모든 아이들이 정확하게 같은 것을 좋아한다고 말하다니! 검색어를 바꿔 '밝고 정상적인 사람은 무엇을 할까?'를 찾았으나 별다른 걸 찾지 못했다. 똑똑한 사람들은 우울해지기 쉽다는 글 하나를 찾았을 뿐이었다. 어, 그래…… 전형적이군. '평범하고, 밝은 십대'를 검색어로 찾아보았을 때, 난 약간의 힌트를 얻었다. 난 잊어버리지 않으려고 급히 상담실로 돌아갔다. 아빠와 린 선생님이 내가 들어오는 것을 바라보았다.

"네, 저에 대해서 말하는 거지요?" 난 자리에 앉기도 전에 말을 시작했다. "저는 완전히 정상적이고요. 밝고 정상적이랍니다. 정상적인 것을 하는 것을 좋아하고요. 예를 들어 합창단에서 노래를 부르는 거요. 그러면 기분이 좋아져요."

아빠는 놀라서 말했다.

"네가 합창단에서 노래를 부른다고?"

"아직은 아니지만, 그럴 생각이에요."

"아, 그래?" 린 선생님이 말했다. "합창단에 들어가 볼 생각이라고? 그럼 현재는 무엇을 하며 보내는데? 방과 후, 주말에 말이야."

"빵 굽는 거 좋아해요. 도넛을 제일로 좋아하고요."

그건 사실이었고 아주 정상적인 것 같았다. 난 도넛 개그를 하나 선보일까 하다가 그러면 약간 비정상적으로 보일까 봐 그만두었다.

"빵 굽는 거? 나도 좋아해!" 선생님이 말하며 웃어 보였다.

"정원 일도요. 아주 즐거워져요." 내가 말했다.

"사샤, 우리는 정원이 없는데?" 아빠가 말했다.

"있었으면 한다고요. 그러면 기쁠 것 같아요. 지금보다 더 기쁠 거란 말이죠. 그리고 또 제가 뭘 좋아하냐면, 멜타랑 노는 걸 좋아해요. 멜타는 제 베프예요."

"오, 그래? 멜타의 어떤 점을 좋아하지?" 선생님이 물었다.

"무엇보다 멜타는 밝아요! 그리고 정상이고요!"

그러자 방 안은 조용해졌다. 아빠는 아주 혼란스러운 것 같았다.

"그래, 그러면 사샤 자신을 묘사해 볼래? 어떤 사람인지, 뭐라고 말할 수 있을까?" 선생님이 말했다.

"저 역시 아주 밝고 정상적이죠. 그래서 멜타와 잘 어울리는 것 같아요."

아빠는 이마에 손을 얹고 눈을 감았다. 아주 피곤해 보였다.

"음…… 이제는 '밝고 정상적이다'라는 말 말고 다른 말을 사용해 본다면?" 린 선생님이 조심스럽게 말했다.

"네, 그러면 전 색깔들을 아주 많이 좋아한다고 말할 수 있어요. 화려한 색깔들이요. 그리고 전 그렇게 똑똑하지 않아요. 솔직히 말하면 아주 바보죠."

상담이 끝나고 난 아주 만족스러웠다. 내가 얼마나 건강한지, 얼마나 정상인지를 이해했을 테니 당장에 나를 정신과 치료에서 제외시킬 것이다.

아빠는 왠지 모르겠지만 별로 만족스러워 보이지 않았다. 상담실을 나온 이후로 아빠는 아무 말도 하지 않았다. 안경 너머로 나를 고민스러운 표정으로 바라볼 뿐이었다.

"정원 일이라고?" 아빠가 물었다.

"넵!" 내가 말했다.

"그렇다는 말이지……."

회색 직사각형

난 멜타에게서 받은 플라밍고 공책을 내 앞에 놓고 방바닥에 앉았다. 난 플라밍고의 윤곽을 색연필로 따라 그리고 있었다. 아빠는 엄마 묘지에 갔다. 내가 같이 가지 않겠다고 했을 때 아빠의 실망한 표정이란……. 그렇지만 난 갈 수가 없다. 불가능하다. 내 몸이 감당해 내지 못한다.

난 재미난 것들을 적어야 했지만 재미없는 것들만 떠올랐다. 강아지. 내가 결코 가지지 못할 그 작은 강아지. 이제 5주가 되었다. 난 공책을 펼치고 내가 써 놓은 셋업과 펀치라인, 죽이기 같은 것들을 읽었다.

새 장을 넘겼다. 연필을 너무 세게 눌러 쓰는 바람에 연필심이 부러져 버렸다. 새 연필을 꺼내 쓰기 시작했다.

나는 당신을 싫어해요.

난 그 위에 한 번, 두 번, 세 번 계속해서 덮어 썼다. 연필로 쓴 두꺼운 검회색 글씨의 문장을 읽었다.

나는 당신을 싫어해요.

난 공책을 잡아당겨 지우기 시작했다. 연필 끝에 달린 잘 안 지워지는 그 형편없는 지우개로 다 지우려 했다. 그러나 그 회색 글씨는 더러워지기만 했다.

난 그 종이를 찢어 버렸다. 마구 구겨서 쓰레기통에 던져 버렸다. 침대에 누워 마음속 무거운 것을 덜어 보려고 했다.

리스트 5번, 너무 많이 생각하지 않기. (가능한 한 전혀 하지 않기) 그러나 그럴수록 더 마음이 조여 왔다. 짓누르고 조여 왔다.

아빠가 전화했을 때 나는 렐레홈 다리에 서 있었다. 아침 8시였고 진켄스담에 있는 할머니 집에서 전날 밤에 자고 나온 길이었다. 아빠는 밤새도록 나를 찾아 밖을 헤매었다. 아빠, 오세 삼촌 그리고 경찰들까지 다. 난 27시간 18분 동안 행방불명이었다. 난 학교에 가는 길이었다. 할머니는 망설이셨지만, 나는 할머니 집에 가고 싶었다. 모든 것이 평소와 같은 그런 곳에 가고 싶었다. 내 재킷이 너무 얇아 바람이 다 들어왔다. 아빠의 목소리는 약했다. 거의 들리지 않았다. 난 핸드폰의 볼륨을 최대치로 올렸다. 아빠가 특별한 말을 하지는 않았지만 아빠의 목소리를 듣는 것으로 족했다. 무언가가 몸을 관통해서 찌르는 것 같았다. 가슴에 전기 충격이 가해지는 것 같았다. 난 다리 난간을 손으로 잡아야만 했다. 아래로 시커먼 물이 보였다. 내 뒤로는 차들이 지나갔다. 차에, 또 그 뒤로 차에, 또 그 뒤로 차가 지나갔다. 은회색 낡은 차들이 지나갔다. 빗물이 튀겼고 내 인생에서 그렇게 추운 적은 없었다. 삼촌이 데리러 갈 거다. 거기 그대로 있어. 아빠가 말했다. 그리고 나는 거기 그대로 있었다. 엄마, 그거 아세요? 가끔 내가 같은 장소에 여전히 그대로 있는 것 같다고 느끼는 거?

난 핸드폰을 꺼내고 유튜브 앱을 켰다. 내가 좋아하는 코미디언을 검색하고 동영상 하나를 플레이했다.

그러나 내 시선은 계속해서 쓰레기통에 머물렀다.

나는 당신을 싫어해요.

난 벌떡 일어나 짧은 세 발자국을 걸어 구겨진 종이 뭉치를 꺼내 다시 펼쳤다. 거기 그렇게 적혀 있는 것을 참을 수가 없었다. 사실이 아니니까. 난 연필을 꺼내 '싫어'를 선으로 꾹꾹 눌러 그었다. 그 단어 전체에 분주하게 색칠했다. 어두운 회색으로 굵게 색칠하자 회색 직사각형이 되었다. 더 이상 그 안에 뭐라고 적혀 있는지 보이지 않게 되었다.

나는 당신을 ▨▨▨ 해요.

회색 직사각형 아래에 난 아주 작은 글씨로 '사랑'이라고 적어 넣었다.

난 그 종이를 접어 종이비행기를 만들었다. 종이가 너무 꾸깃꾸깃해져서 접기가 쉽지 않았다. 오씨 삼촌이 최고의 종이비행기 접는 법을 알려줬었다. 가장 멀리 나는 종이비행기 말이다. 난 창문을 열었다. 추위가 나를 덮쳤다. 해가 막 지고 있어 석양이 아주 깊은 파란색이 되었는데 지금은 거의 자주색이었다.

난 팔을 어깨 뒤로 젖혔다. 종이비행기를 던질 때는 적당한 힘으로 던지는 것이 중요하다. 너무 약하게 해도 너무 강하게 해도 안 된다. 난 종이비행기를 엄지와 검지로 다시 잘 잡아 쥐었다. 그리고 적절하게 휘몰아치는 동작으로 종이비행기를 날려 보냈다. 상냥한 바람이 비행기를 붙잡아 위로 올려 보냈다. 비행기는 나무들 사이로 우아하게 항해해 나갔다. 어디로 착륙했는지는 볼 수 없었다. 나는 비행기가 사라진 그 지점을 오랫동안 바라보았다.

유쾌하지 않은
자기 계발 대화

나와 아빠는 학교에서 담임선생님과 진행하는 자기 계발 대화에 참석하러 가는 길이었다. 바람이 너무 세게 불어 누군가가 내 얼굴에 대고 고드름 다발을 뿌리는 것만 같았다. 좋진 않았다. 아빠는 바보같이 시내에서부터 커다란 자전거 헬멧을 쓰고 자전거를 타고 왔기 때문에 엄청 더워했다. 아빠는 초록색 다운점퍼 지퍼를 열고 걸어가고 있었는데 얼굴은 분홍빛이 되어 마치 선홍빛 형광색 마커를 칠한 것 같았다. 나는 몸을 떨고 있었다. 머리카락을 자른 이후로 목 부위가 예전보다 훨씬 차가웠다. 영하 7도였고, 어제도 오늘도 눈이 오고 있다. 4월에 이런 날씨라니 실망하지 않을 수 없다.

"와, 이거 재미있겠는걸!" 아빠가 상기된 목소리로 말했다.

"그렇게 재미있진 않을 것 같은데요." 난 장갑을 벗으며 말했다. 난 아빠의 기대치를 낮추고 싶었다.

난 눈 한 움큼을 쥐고 눈 뭉치를 만들었다. 눈 결정이 회백색의 일광에 반짝였다. 눈 뭉치의 제일 바깥 부분이 손에서 녹아 차갑고 미끄러웠다. 거의 완벽하게 동그랬다.

"왜 재미없어? 당연히 재미있을 거야! 세실리아 선생님 오시고 첫 해잖아! 보쎄 선생님과의 자기 계발 대화는 정말 엉망이었지."

난 웃었다.

"맞아요, 선생님은 내가 누군지도 잘 몰랐으니까요."

"정말, 지독했지." 아빠는 웃으며 머리를 흔들었다. "너를 뭐라고 불렀지? 한나? 요한나?"

난 보쎄 선생님을 흉내 내며 턱수염을 긁는 척했다. 보쎄 선생님은 당황하면 그렇게 턱수염을 긁었다. 항상 헷갈려 하고 턱수염을 긁었다. 티라는 선생님이 옴이 있는 것 같다고 했지만 그런 건 여우한테나 생기는 거 아닌가? 멜타는 선생님이 마른버짐이 있는 것 같다고 속삭였다. 그 말을 들었을 때는 선생님이 가여워서 그런 선생님을 지나치게 나무라면 안 된다고 생각했을 정도였다.

엄마와 면담했을 때도 선생님은 뭐라고 뭐라고 중얼중얼대더니 "한나가 수학과 국어에서 아주 커다란 성취를 보여 주고 있어요."라고 했다. 엄마는 정말 화가 나서 "네, 한나한테 정말 잘된 일이네요. 그럼 이제 우리 사샤에 대해 이야기해 주실래요?"라고 대답했다.

아빠와 나는 그 기억을 떠올리며 크게 웃었다. 잠시 후 난 아빠와 눈이 마주쳤는데 누군가가 멈춤 버튼을 누른 것만 같았다. 우리는 정확하게 동시에 조용해졌다.

엄마. 엄마가 학교 정문으로 서둘러 들어올 때, 구두 굽 소리가 학교 건물에 울려 퍼지던 그때, 갈색 머리를 하나로 올려 묶었던 엄마의 모습이 스쳐 지나갔다. 옷은 뭘 입고 있었지? 검정 슈트에…… 다른 건 잘 기억이 나지 않는다. 흰 블라우스에 갈색 바지? 엄마 딴에는 밝은 색깔의 옷을 차려입는다고 한 것일 테다. 흰색, 갈색, 화장이라곤 유일하게 하는 빨간색 립스틱. 엄마는 항상 예뻤다. 난 그렇게 생각한다. 엄마는 세상에서 제일 예쁜 엄마였다.

아빠는 시선을 돌리며 헛기침을 했다. 자전거를 눈으로 반짝이는 가로등 쪽에 기대어 세웠다.

"난 어쨌든 세실리아 선생님이 뭐라고 말할지 아주 궁금해." 아빠는 과장되게 유쾌한 톤으로 말했다. 엄마의 모습을 지우려는 듯했다.

아빠도 지금 엄마를 생각하는 건 너무나도 당연했다. 아빠는 자전거 자물쇠와 씨름을 했다. 자전거 자물쇠는 길게 얽힌 녹색의 와이어와 일반 자물쇠로 되어 있었는데, 잘 맞지 않는 것 같았다.

"선생님은 별로 많이 말하지 않을 거예요. 자기 계발 대화에서 주로 말하는 사람은 저니까요."

"뭐? 왜?" 아빠는 미심쩍은 듯했다.

"몰라요. 그냥 그렇게 해요. 다 그래요."

"다? 다 누구?"

"우리 반 애들 다요. 아마 스톡홀름에 있는 학생 다, 스웨덴에 있는 학생 다? 모르겠어요."

"그렇지만 왜? 아, 이놈의 자물쇠!"

자물쇠가 언 것 같았다. 눈 뭉치는 완벽하게 공 모양으로 둥그레졌다. 내 손에 딱 맞게 들어와서 이제는 돌처럼 단단해졌다. 눈 뭉치와 찌르는 듯한 칼바람에 내 손가락은 빨개지고 아주 차가워졌다.

"그게 나한테 도움이 되기 때문이 아닐까요? 우리한테요. 스스로 주도해서 이끈다는 것이? 나도 잘 모르겠어요."

"선생님이 왜 그러는지 말 안 해 줬어?" 아빠가 자물쇠와 씨름하느라 끙끙대며 물었다.

"분명히 말했을 텐데, 내가 화장실 간 사이에 말했던 것도 같고…… 이제 들어갈까요?"

"자물쇠가 안 잠겨."

아빠는 자포자기한 듯 나를 쳐다보았다. 난 아빠가 공처럼
둥글고 커다란 저 헬멧을 머리에 쓰고 있을 때는 도저히 진지
하게 아빠를 볼 수가 없다. 오씨 삼촌은 아빠의 헬멧이 꼭 예전
에 서커스에서 어릿광대가 쓰던 것과 똑같다고 했다. 어릿광대
가 대포에서 발사될 때 쓰던 것 말이다. 그것 아니면 볼링공 같
은 느낌이다. 그 헬멧은 아빠가 오래전 중고품 가게에서 샀던
고물이다.

"자전거 들고 들어가도 될까?"

"교실 안으로요? 미쳤어요? 가로등에 묶어 두거나 하면 안
돼요?" 내가 물었다.

"자전거 도둑들은 매듭을 그냥 풀어 버리거든……."

"그럼 복잡하게 묶어 놓으세요. 그럼 푸는 데 시간이 많이 걸
릴 거 아니에요?"

"알겠어."

아빠는 엉켜 있는 와이어를 끌어다 자전거를 묶고 또다시
묶었다. 이중 매듭이 되었다. 와이어 끝의 루프로 묶어서 자전
거를 고정시킨 것처럼 보였다. 어쨌든 단단해 보였다. 자전거
고정을 완료하고 몸을 폈을 때, 아빠의 얼굴색은 선홍색에서
딸기처럼 붉은색으로 변해 있었다. 아빠의 안경에는 습기가

찼다.

길을 걸어가는데 10미터 정도 앞에 같은 학교 남자아이가 보였다. 그 남자아이는 나보다 몇 살 어려 보였는데, 개를 데리고 산책을 나온 모양이었다. 검은색 래브라도였다. 아직 다 자란 것 같지는 않았다. 꽤 작아 보였고 어지럽게 돌고 있었다. 코를 눈에 박고, 원을 그리며 돌고, 뛰고, 짖고, 크게 웃으며 나뭇가지를 던지는 자신의 어린 주인을 기대에 찬 눈으로 바라보았다.

"가서 가져와, 티펜! 가져와!"

티펜은 선홍색 혀를 입 밖으로 날름거리며 재빠르게 달려갔다. 그 모습이 내 가슴을 찔렀다. 리스트 2번, 살아 있는 것 키우지 않기.

난 완벽하게 둥글게 뭉친 내 눈덩이를 입구 밖에 있는 눈 덮인 그루터기 위에 올려두었다. 내가 돌아왔을 때 여전히 거기 그대로 있으면 내가 잘한 거란 뜻이다. 내가 맞게 하고 있다는 뜻이다.

교실로 들어갔을 때, 티라가 한쪽 구석에 앉아서 자기 부모님과 이야기를 나누고 있었다. 그리고 니쎄는 다른 쪽에 앉아 자기 엄마와 세실리아 선생님과 이야기를 하고 있었다.

티라는 손가락 사이로 자신의 갈색 곱슬머리를 돌리고 있다가 내가 무슨 고양이가 질질 끌어다 놓은 물건이라도 되는 양 나를 째려보았다. 할머니가 종종 쓰는 표현이다. 실은 고양이에게 끌려가는 것은 나쁘지 않은 일이라 생각한다. 아주 인상적이지 않겠는가!

나는 아빠에게 어디에 앉을지 귓속말로 속삭였다. 이번 대화의 시간을 위해 네 개의 긴 교실 책상이 놓여 있었다. 난 내 책상 서랍으로 가서 준비해 둔 서류철과 종이들을 꺼냈다. 거기에는 내가 따라야 할 의제들이 정리되어 있었다. 난 '의제'라는 단어를 좋아하지 않는다. 이유는 잘 모르겠지만 말이다. 그냥 싫어하는 단어들이 있다. 이를 테면 이런 것들이다.

1. 옴뇸뇸(맛있는 것을 먹을 때 내는 소리)
2. 탄자(탄자라니! 담요라는 말이 버젓이 있는데!)
3. 콧구멍(신체를 가리키는 단어들 중 이것보다 더 추한 게 있을까?)
그리고 지금 이야기하는
4. 의제
한심하기 짝이 없는 단어다.

내가 세실리아 선생님에게 이를 불평했더니, 선생님은 그러면 대신에 '아젠다'란 단어를 쓰란다. 선생님은 사투리를 써서 발음이 아제엔다가 되었다. 그래서 난 그냥 의제라 하겠다고 한 것이다. 선생님을 놀리는 것은 아니다.

난 외투를 벗고 첫 번째에 나와 있는 의제를 읽었다.

"자신의 부모님께 환영인사."

자신의 부모님께라…… 첫 번째 인사말부터 마음이 아파지는 자기 계발 대화라니.

"이번 자기 계발 대화에 오신 걸 환영합니다, 아빠." 난 양팔을 벌려 환영의 표시를 했다. (과장된 면이 없지 않다.)

어쨌든 했다. 난 첫 번째 의제를 굵고 검은 줄로 그었다.

"고마워." 아빠가 말했다.

아빠는 조용히 책상 쪽으로 와서 의자 하나를 꺼내 앉았다. 난 아빠를 보았다. 이런! 얼굴은 새빨갛고, 안경은 습기가 자욱하고, 대포탄 같은 헬멧까지! 아빠야말로 서커스단에서 일하는 사람일 거라 짐작하기에 충분했다.

"그런데 왜 선생님은 저쪽에 앉아 계셔?" 아빠가 물었다.

난 아빠가 헬멧을 벗기를 바라며 내 머리를 톡톡 치는 시늉을 했다.

"뭐?" 아빠는 어리둥절해하며 속삭였다. "네 머리가 어떻게 됐다고?"

"아니, 헬멧 좀 벗으라고요! 제발요!"

"아! 아이쿠, 완전 깜빡했구나." 아빠는 그렇게 말하며 마침내 헬멧을 벗었다.

"선생님은 이번 대화에 참여하지 않으신다고 말했잖아요."

"농담해?" 아빠는 몸을 뒤로 확 제쳤다. 완전 할리우드 액션이었다.

"농담이었다면 무지 재미없는 농담일 거예요. 그러니 당연히 진짜죠."

아빠는 충격을 받은 듯 나를 바라보았다. 난 설명했다.

"아니, 오시긴 하는데요. 조금 이따가 오실 건데, 대화 내내 같이 계시는 건 아니라고요."

"아니 왜?!"

아빠가 어찌나 크게 말했던지 티라의 가족 모두가 몸을 돌려 우리를 보았다. 티라는 내가 구토라도 하고 있나 살펴보겠다는 표정으로 나를 보았다.

난 쩔쩔맸다. "그냥 그런 거예요. 좀 조용히 하세요."

난 두 번째 의제를 읽어 보았다. "자기 계발 대화를 어떻게 진행할지에 대해 생각한 바를 말한다."

"여기 적혀 있는 의제들에 따라서 이 대화를 진행할 예정입니다." 난 종이를 보며 스스로 대답했다.

"정말 그렇게 할 거니?" 아빠가 물었다.

"네."

"어떻게 진행하려고 생각했는지 좀 더 구체적으로 들을 수 없을까?"

그러자 난 정말이지 짜증이 났다.

"좀 그만하시면 안 돼요? 진행하는 건 난데, 말끝마다 따지지 말고요."

"아, 미안 미안. 안 그럴게."

우리는 내가 정한 과목 평가에 대한 부분도 같이 읽어 나갔다. 아빠가 선생님 있는 쪽으로 힐끗힐끗 시선을 계속해서 돌린 것 말고는 그런 대로 아빠는 경청했고 내 말을 끊거나 끼어들지도 않았다.

마침내 선생님이 자리에서 일어나 우리 책상 쪽으로 왔다. 선생님은 오늘 특별히 신경을 써서 입고 온 듯했다. 진청바지에 흰색 셔츠. 선생님은 아빠 옆에 앉았고 아빠는 매우 만족스러워했다.

"잘 되고 있나요?" 세실리아 선생님이 물었다.

"그럼요." 아빠가 답했다.

"얼마나 진행했니?" 선생님이 물었다.

"제가 잘하는 것과 도움을 필요로 하는 것에 대해 이야기할 차례예요." 내가 답했다.

난 내가 얼마나 솔직하게 대답해야 할지 고민했다. 아랫입술을 깨물었다.

"제가 잘하는 것은 국어인 것 같아요. 독해도 잘하는 것 같고, 맞춤법도 잘 알아요. 토론하는 것도 좋아하고요. 그리고 솔직히 말해서 전 꽤 재미있는 애예요. 농담도 잘하고요."

그러자 아빠가 헛기침을 했다.

"아…… 그건 학교 공부랑 상관없지 않니?"

"아니요. 전 상관있다고 생각해요. 학교에서 우리는 삶에 대해서 배운다고 선생님이 말씀하셨는데, 유머 감각은 삶에서 사람이 가져야 할 아주 중요한 것 중에 하나라고 생각해요. 유머가 없는 이 세상을 생각할 수 있어요?"

"우리 회사가 좀 그런 세상인데." 아빠가 말했다.

난 아빠 말을 못 들은 척하며 계속했다.

"체육도 잘하는 것 같아요. 피구 빼고요. 피구는 정말 못해요. 전 다른 사람한테 공 던지는 게 싫거든요. 영어도 잘하는데, 수업을 열심히 들어서는 아니고, 아, 선생님 죄송해요. 선생님 수업을 열심히 안 듣는단 말은 아닌데, 솔직히 말해 유튜브를 많이 봐서 그런 것 같다는 말이에요. 사회 과목도 잘해요. 정치 같은 거 재미있다고 생각해요. 과학 과목도 좋아해요. 특히 화학이요. 원소는 참 재미있어요. 제가 제일 관심 있는 부분이에요. 나트륨과 마그네슘 같은 원소의 원자번호를 많이 외울 수 있어요. 사실 거의 모든 과목을 잘하는 것 같아요. 그리고 저는 겸손하기도 하고요!" 난 그렇게 덧붙이고는 내 농담에 웃었다.

"겸손하다의 뜻을 아니?" 선생님이 물었다. 필경 반어법을 모르시는 것이다.

"네, 대충요! 자랑하고 뽐내지 않는 거요. 자기가 최고라고 하지 않고 멋진 말을 그려놓고도 '아니에요. 내가 그런 말은 그렇게 멋지지 않아요.'라고 말하는 거요."

"그래, 바로 그거야! 잘 아네!" 선생님이 말했다.

"아, 제가 겸손하다고 한 건 농담이었어요. 제가 다 잘한다고 말했잖아요……." 내가 설명했다.

"아! 그래?" 선생님은 크게 웃었다. "정말 웃기구나!"

말했다시피, 선생님은 유머 감각이 없다.

"선생님도 사샤가 다 잘하고 있다고 생각하세요?" 아빠는 웃지 않고 선생님에게 물었다.

"그럼요, 전 그렇게 생각해요. 사샤는 잘하고 있어요. 그렇고 말고요. 하지만 지난 반년간은 사샤에게 힘들었죠. 그건 부정할 수 없네요. 엄마가 그렇게 돌아가시고 난 후에 말이죠."

'돌아가시다.' 또 이 표현이다. 선생님은 나를 보았다. 난 갑자기 내 다리가 위아래로 떨리는 것을 느꼈다. 오씨 삼촌이 자주 하는 것 말이다. 몸속에서 불편함이 느껴졌다. 선생님이 그 이야기를 꺼낼지 몰랐다. 내가 학교에서 그렇게 티를 안 내려고 했는데도 말이다!

아빠는 고개를 끄덕이고 책상 아래를 내려다보았다. 밝은 베이지 나무. 설마 아빠가 우는 건 아니겠지? 설마 그러는 건 아니지? 난 아빠를 무섭게 노려보았다. 눈에서 레이저광선을 발사했다. 아빠의 눈물이 떨어지는 것을 막기라도 할 것처럼.

"어떻게 사샤가 힘들어하는 걸 아셨나요?" 아빠가 물었다.

"그게, 사샤가 집중하는 걸 예전보다 어려워해요. 그렇지, 사샤? 수업에 집중하는 거 말이야. 자주 다른 생각을 하고 있고요. 물론 충분히 이해합니다. 그럴 만하죠. 학교에 상담 선생님 계신 거 아시죠? 지난 가을에 제가 한번 말씀드린 적이 있는데요, 아버님. 사샤와 함께 상담을 해 보셨나요?"

선생님은 친절해 보였다. 머리를 약간 옆으로 기울이고 말하는데, 그런 친절함이 아주 위험할 수 있다. 그때 내 안의 모든 것이 부드러워지는데, 난 그걸 참을 수가 없었다. 난 침을 삼켰다. 안으로 눌렀다. 이 감정을 날려 버려야 한다.

"네, 아동 정신과에 가고 있습니다." 아빠가 말했다.

난 아빠를 무섭게 쏘아보았다. 그리고 티라를 보았다. 티라가 아빠가 하는 말을 들었다면 난 정말이지 무서운 황소가 되어 교실에 있는 거지 같은 가구며 물건들을 던져 버릴 테다. 티라는 나를 노려보았고 그 애의 엄마는 시계를 짜증스럽게 쳐다보고 있었다. 선생님이 이제는 자신들에게 와야 한다고 생각하는 눈치였다.

나도 찬성이다. 선생, 이제 제발 가 주세요.

"가고 있다니요? 한 번 갔었죠. 그리고 이제는 안 가요. 상담 선생님과 이야기를 나눌 필요가 없는데요. 난 아무 문제도 없으니까요." 내가 말했다.

"아 그건 아버님과 사샤가 결정할 일이지만, 사샤가 요즘 들어 숙제를 하는 걸 더 어려워하는 것 같아요. 전반적으로 책 읽는 것도 힘들어하고요. 글쎄…… 너무 생각이 많아서가 아닐까 해요. 집에서는 뭘 좀 읽나요?"

선생님은 아빠에게 고개를 돌렸지만 아빠는 다시 눈이 내리기 시작한 창밖의 풍경을 보고 있었다. 아빠는 그건 생각해 보지 않았던지라 잠시 고민했다.

"잘 모르겠네요." 아빠는 나를 보더니 물었다. "그러니? 책을 읽는 게 어려워?"

난 헛기침을 했다. 사실을 말할까? 난 솔직해지기로 했다.

"어려운 게 아니라, 그냥 책 읽기를 그만두기로 결심했어요. 그래서 그래요."

"뭐? 뭘 결심해?" 아빠가 말했다.

"책 읽는 거 그만뒀다고요." 아빠와 선생님은 어안이 벙벙해져 나를 보고 서로를 보고 다시 나를 보았다.

"아니 왜? 언제부터?"

"좀 됐어요."

"이것도 농담이지?" 선생님이 기대에 차서 물었다.

"아니요. 이건 농담 아니에요."

"그랬구나, 그런데 난 이해가 안 돼. 책 읽는 걸 그만둔다는 게 무슨 말이야?"

"이해가 안 될 게 뭐가 있어요? 이제 책 안 읽는다고요. 모든 책, 교과서, 소설, 실용서들…… 전부 다요."

"그래, 그래도 나중엔 다시 읽을 거지?" 아빠가 물었다.

"아니요. 그럴 생각 없어요."

"샤샤." 선생님이 아이들이 이해를 잘 못할 때 (주로 니쎄가) 사용하는 친절하고 교육적인 목소리로 말했다. "책을 아예 안 읽는다는 건 불가능해. 책은 학교에서 학생이 꼭 읽어야 할 것이고, 거의 모든 과목들이 책을 읽어야만 하도록 되어 있어. 삶에 대해서는 말할 것도 없고. 네가 직접 조금 전에 말하지 않았니? 삶에 대해서 배운다고. 삶에서 책 읽는 즐거움이 얼마나 큰데!"

"삶에서 책 읽는 슬픔은 얼마나 큰데요? 어떤 책을 읽느냐에 달린 거죠. 어떤 책들은 사람들을 병적으로 우울하게 만들기도 해요."

"그래, 그러면 그런 책들만 피하면 되지 않을까? 어쨌든 지금 당장은?"

"혹시 모르니 평생 모든 책을 피하기로 결심한 거죠."

"평생이라고?" 아빠의 목소리가 높아졌다.

"네."

"그건 안 돼. 넌 책을 읽어야만 해. 내가 억지로라도 그렇게 만들 거야." 아빠가 말했다.

"잠깐만요. 절 해병대 캠프에라도 보내시게요?"

세실리아 선생님은 근심스러운 표정을 지었다.

"우리 잠시 좀 쉬었다 계속 할까요?" 선생님이 천천히 말했다. "나중에는 다른 생각이 들지 않을까, 사샤? 학교를 잘 마치려면 책을 읽어야 하거든. 6학년에서 점수를 잘 받으려면 말이야. 안 그래?"

"글쎄요. 다른 방식으로도 배울 수 있다고 생각해요. 유튜브라든지요."

아빠는 단단히 화가 났지만 참고 있는 것 같았다.

난 자기 계발 대화의 다음 순서를 계속해서 이어 나갔다. 선생님은 계속해서 아빠 옆에 앉아 있었다. 우리는 나의 약한 부분에 대해 이야기를 했다. 수학과 시계 보기였다. 숫자는 혼란스럽다. 수학은 많은 사람들이 어려워한다. 나는 시계 보는 것도 아직 다 깨우치지 못했다. 특히 디지털시계 말이다. 아빠에게 내가 어떤 목표를 갖기를 원하는지 물었을 때, 난 아빠가 '시계 보는 법을 깨우치기'를 말하길 바랐지만, 역시나 아빠는 '책을 읽지 않겠다는 바보 같은 생각 버리기'라고 했다. 그리고 내가 아빠에게 질문이 있느냐고 물었을 때 아빠는 "언제 다시 책을 읽기 시작할 거니?"라고 물었다.

아빠는 내가 책을 다시 읽는 것에만 완전히 집착했다. 우리는 이른바 '유쾌한 톤으로' 대화를 마무리했다. 그러나 내 귀에 들리는 거라고는 전혀 유쾌하지 않은 것이었다. 가짜 유쾌함만이 있었다. 교실에서 걸어 나오는데 선생님이 아빠에게 너무 걱정하지 말라고, 내가 곧 생각이 바뀔 거라고 속삭이는 소리가 들렸다. 난 소리치고 싶은 것을 참았다.

'아니요! 이게 지금까지 내가 한 것 중 가장 좋은 생각이라고요!'

학교 교정을 걸어 나오는데 아빠는 주변을 미친 듯 둘러보며 말했다.

"누가 내 자전거를 훔쳐 갔어! 젠장!"

난 눈을 굴려 주변을 살폈고, 아빠가 자전거를 묶어 두었던 가로등을 가리켰다. 난 아까 두었던 내 눈 뭉치가 그 그루터기에 그대로 남아 있는 것을 보았다. 바로 그때 오씨 삼촌에게서 전화가 왔고 아빠가 받았다.

"어, 고마워. 괜찮았어. 사샤가 평생 책을 절대 읽지 않겠다고 다짐해서 학창 시절을 망쳐 버리겠다고 한 것 말고는 말이야."

삼촌은 항상 크게 말하기 때문에 전화기로 삼촌이 하는 말이 들렸다.

"책? 난 절대 안 읽었지! 그래도 내가 얼마나 잘 컸는지 알잖아?"

"네가 잘 컸다고? 직업 한번 구한 적 없잖아?" 아빠는 침통함에 괴로워했다.

"형이 직업에 대한 낡은 사고방식을 가지고 있어서 그래. 나도 일하지, 당연히! 매번 일에 대한 돈을 받지 않아서 그렇지." 삼촌은 거의 반쯤 고함을 지르고 있었다.

나는 돈도 받을 것이다. 스탠드 업 코미디언이 될 거니까. 스탠드 업 코미디언은 책을 읽을 필요가 없다.

나는 눈 뭉치를 있는 힘껏 '건너가시오' 표지판을 향해 던졌다. 눈 뭉치가 표지판에 그려져 있는 사람의 얼굴에 적중했다. 거기 그리고 있으니 맞을 수밖에.

해리 포터는
불평하지 않았다

난 교실에 앉아 교복에 대해 찬성하는 글을 쓰고 있었다. 우리는 수업 시간에 여러 가지 주제에 대해 찬반 논쟁을 해야 했다. 멜타는 불법 다운로드에 반대하는 논쟁을 하기로 했다. 니쎄는 동물실험에 반대하는 논쟁을 할 것이다.

세실리아 선생님은 교탁 옆에 앉아 컴퓨터 자판으로 글을 쓰고 있었다. 자판기를 두드리는 소리가 어찌나 빠른지 정말로 글을 쓰고 있는지 그냥 막 숫자나 글자를 마음대로 두드리고 있는 건지 알 수 없었다. 이를 테면 ㄴㅗㅇㄴ라ㅣㅓㅎㄷㄱ';ㅣ' ㅇ%#@ㄹ0ㄴㄹ345ㅣㄹ아;ㅏ;ㄴ 이런 식으로 말이다.

멜타는 내 옆에 앉아서 역시나 글을 쓰고 있는데 기운 넘치는 족제비 같았다. 난 내 주위를 둘러보았다. 모두가 각자가 맡

116

은 주제에 대해 몰두해서 열심히 글을 쓰고 있는 듯했다. 난 괴로웠다. 난 여태껏 강력한 찬성 이유를 하나만 생각해 냈을 뿐이었다.

1. 해리 포터는 불평하지 않았다.

선생님은 아마도 교복을 입으면 학교 왕따를 억제할 수 있다거나, 뭐 그런 것들을 말하길 바랄 것이다. 모두가 똑같은 옷을 입으면 아무도 개인의 스타일을 가지고 놀리지 않을 테니까. 낡은 옷이나 구식의 옷이나 안 예쁜 옷을 입는 것 말이다. 그렇지만 난 그게 그렇게 간단하지 않다는 것을 안다. 이미 누군가를 왕따시킬 마음을 먹은 사람이 그것 말고 다른 놀릴 거리를 못 찾겠는가? 머리 스타일, 신발, 여드름…… 옷이 아니더라도 얼마든지 괴롭힐 거리를 찾을 수 있다. 한번은 티라가 내가 반 전체 앞에서 발표를 하면서 퀴리 부인을 귀리 부인으로 잘못 말한 걸 가지고 나를 비웃은 적이 있다.

난 이렇게 말했었다.

"귀리 부인은 라듐을 발견한 것으로 유명합니다."

그러자 티라가 소리쳤다.

"하하하하! 그래? 그럼 보리는? 보리는 뭘 발견했는데? 마그네슘을 발견했냐?"

나는 너무 화가 나서 티라의 자리로 달려가 소리를 질렀다.

"그래, 그랬다. 그리고 조용히 안 하면 네 목에다 한 통 집어넣어 줄 테니 알아서 해!"

그러자 티라도 몹시 흥분했고, 결국 나와 티라는 쉬는 시간 동안 세실리아 선생님에게 심한 훈계를 들어야만 했다. 우리는 둘 다 서로에게 어떤 식으로 말하며, 어떤 말을 쓰고 어떤 말을 안 쓸 것인지에 대해 약속해야만 했다. 난 생각해 보겠다고 대답했고, 티라는 거짓말로 그렇게 하겠다고 했다. 하지만 우리가 돌아오자마자 난 티라가 니쎄에게 "이 멍충아."라고 하는 것을 들었다. 선생님의 훈계를 진지하게 받아들이지 않은 것이 분명하지 않은가?

아마도 그 이후로 사람들이 내가 '공격성'을 보이게 되었다고 말하기 시작했을 것이다. 그런 사람들에겐 이렇게 말해 주고 싶다. "주둥이 닥쳐!" (이 부분을 오해하진 않겠지? 마지막은 내 개그다. 플라밍고 공책에 적어야겠다.)

갑자기 난 허벅지에서 핸드폰이 진동하는 것을 느꼈다. 수업 시간에는 핸드폰을 못 가지고 있게 되어 있는데 난 몰래 주머니에 숨겨두고 있었던 것이다. 삼촌의 문자였다.

사샤, 안녕! 스탠드 업 클럽에 잇는 서드라 셀스커펫과 연락이 다앗어. 여러 해 동안 스탠드 업을 하고 잇는 헨릭이라는 사람을 만나기로 헷어! 너한태 스탠드 업 코미디에 대해 알려 주겠대. 아빠가 저녁에 일할 때 보는 걸로 할까?

—너에 편 "우리의 보쓰"가

오씨 삼촌은 맞춤법에 약하다. 부디 책을 안 읽어서 그런 게 아니길 바란다.

난 기뻐서 어쩔 줄을 몰랐다. 너무 흥분되어서 가만히 앉아 있을 수가 없었다. 그 와중에 교복에 대한 찬성 이유를 생각하고 앉아 있을 수가 없었지만 그럼에도 수업이 끝나기 전 몇 가지를 더 생각해 낼 수 있었다.

2. 헤르미온느 그레인저도 불평하지 않았다.

3. 론 위즐리에게서도 불평 한마디 들리지 않았다.

4. 작은 토끼를 잡을 때 교복 넥타이를 이용할 수 있다.

조금만 더 다듬으면 될 것 같다.

엉망이 된 첫 발표

세실리아 선생님은 서류철을 내려다보면서 이야기했다.

"자 이번에는…… 사샤! 네 차례야! 앞으로 나오렴."

나는 내 앞에 놓여 있는 종이를 덥석 움켜쥐고 자리에서 일어났다. 교탁으로 나아가 아이들 쪽으로 몸을 돌렸다. 반 친구들과 반 아이 티라가 나를 보고 있었다. 다들 따분하다는 눈빛이었다. 그들을 비난할 수는 없다. 지각의 구조에 대한 발표가 월드컵과 같은 흥분과 열기를 이끌어 낼 만한 주제는 아니지 않은가? 니쎄는 이미 잠이 든 것 같았다. 그러나 이제는 변화를 줄 때다!

심장이 가슴에서 마구 쿵쾅거렸다. 갑자기 입안이 바싹바싹 말라 왔다. 난 침을 삼켰다. 난 물 한 잔만 달라고 하고 싶었지만 선생님은 안 된다고 할 것이다. 다른 누구도 물을 달라고 한 사람이 없었다.

난 어쨌거나 평범한 발표를 할 수도 있을 것이다. 내 두뇌의 한 부분은 높은 옥타브로 그것만이 유일하게 안전한 길이라고 소리치고 있었다. 그러나 내가 그 소리를 들을 것인가? 아니다. 그러지 않을 것이다. 애초에 높은 옥타브로 소리치는 누군가가 있다면 그다지 믿음직스럽게 느껴지지 않는 법이다.

나는 헛기침을 했다. 조금 떨어져 창문 곁에 앉아 있는 선생님을 바라보았다. 선생님은 고개를 끄덕이며 시작하라는 눈짓을 했다.

"5반 여러분." 갑자기 내가 소리쳤고 목소리가 너무 높아 스스로에게 놀랐다.

하물며 니쎄까지 감긴 눈을 뜨며 놀라서 주변을 돌아보았다.

"오늘 이 자리에 함께해서 기쁩니다." 난 계속해 나갔다. "이번 사회과학 수업에 꼭 참석하고 싶었습니다. 그래서 아주 괜찮은 아르바이트가 생겼는데도 마다하고 왔습니다. 여러분 앞에 서서 발표하기 위해 말입니다."

학급의 아이들 몇몇은 어리둥절한 눈빛들을 교환하고 있었다. 어떤 아이는 피식피식 웃기도 했다. 물론 니쎄였다. 대부분은 놀란 눈으로 나를 보았다. 발표할 때 보통 이런 식으로 시작하지 않기 때문이다.

"그렇습니다. 아주 멋진 아르바이트였습니다. 여러분, 스카블란 주니어[12]라고 들어 보셨습니까?

난 누군가 고개를 끄덕일 때까지 기다렸다 계속했다.

"네, 제가 맡은 일은 바로 이 스카블란 주니어를 정말로 좋아하는 두 명의 어린 여자아이들을 돌봐 주는 거였습니다."

난 웃음이 터질 것을 대비해 잠시 쉬었다. 그러나 전혀 그럴 필요가 없었다. 아무도 웃지 않았기 때문이다. 본래 계획은 반 아이들이 이 아르바이트가 스카블란 주니어와 관련이 있는 거라고 생각하게 했다가 나중에 아르바이트가 그냥 아이 돌보기라는 걸 알려 주는 것이었다.

말하자면 아주 근사한 셋업과 펀치라인을 짠 것이다. 하지만 우리 반 아이들은 무슨 말인지 잘 모르겠다는 눈으로 나를 보았다. 아무도 이해를 못 했단 말인가? 이 바보 같은 놈들아! 그런데 곧 마티나와 케빈이 키득키득 웃기 시작했고 이번엔 니쎄의 몸 전체가 웃음으로 주체할 수 없이 떨리는 것이 보였다.

하지만 나는 확신할 수 없었다. 이게 내 개그가 웃겨서 웃는 건지, 분위기가 하도 이상해서 웃는 건지. 멜타는 겁에 질린 듯한 표정이었다. 멜타의 눈동자는 팽창되었고 입은 벌어져 있었다. 티라는 지랄 맞게 긴 갈색 머리카락을 머리 중간에 올려 묶

---

12 유명 청소년과 어린이가 게스트로 나오는 노르웨이의 토크쇼.

으면서 미소를 지었다. 그러나 그것은 순수한 미소가 아니었다. 할머니의 고양이 투루스가 쥐를 잡았을 때 짓는 종류의 미소였다. 자신이 우월하다는 것을 알고 있는 미소 말이다. 언젠가는 쥐를 죽일 거지만 지금 심심하므로 조금 장난을 치겠다는 미소, 쥐가 고통받는 것을 보며 즐거워하는 듯한 그런 미소 말이다.

그러나 나는 불쌍하게 죽어 가는 쥐가 아니다. 나는 고통받을 생각이 없다. 나는 더 크게 다짐하며 계속했다.

"우리 잠시만 다시 한번 이 부분을 생각해 봅시다. 아이 돌보기라고요!"

그때 불현듯 누군가 내 어깨에 손을 올리는 것이 느껴졌다. 선생님이었다.

"사샤, 어…… 지각 발표 곧 시작하는 거지?"

"물론이죠, 그럼요." 중간에 끊어 버려서 다소 방해를 받은 느낌이 들었지만 난 빨리 말했다. "이제 시작하려 했어요."

난 분주하게 머릿속에서 아이 돌보기에서 지각의 구조로 깔끔하게 전환되는 뭔가를 찾으려 했다. 그리고 선생님이 다시 자리에 앉기를 기다렸다.

"아이 돌보기 말입니다! 근데 그건 어떻게 하죠? 전 아무것도 못 하는데! 요리도 못하고 기저귀도 못 갈고, 무슨 일이 생기면 차를 몰지도 못하고요. 차 앞좌석에 앉는 것도 사실 잘 못

하는데 말이에요! 내가 아이 돌보는 일을 할 수 있는 유일한 자격이 있다면 내가 한때 아이였다는 거죠. 그런데 그건 이렇게 말하는 거랑 같아요. '이봐요. 당신은 많이 아팠으니까 의사도 할 수 있겠네!'"

아무도 웃지 않았다. 니쎄조차도 웃지 않다니! 내가 이 개그를 만드느라 몇 시간을 보냈는데, 아무도 웃지 않다니! 모두 자신의 두 눈을 못 믿겠다는 듯이 나를 빤히 보고만 있었다! 멜타는 손으로 입을 가리고 있었고, 세실리아 선생님은 창문 앞자리에서 나를 걱정스럽다는 듯이 바라보았다. 이거야말로 돼지 목에 진주 목걸이다. 아빠가 자신이 한 요리를 내가 좋아하지 않을 때 하는 말인데 바로 지금 같은 순간에 쓰일 줄이야.

"어…… 그…… 그러면 이거 한번 생각해 봐요! 얼음이 들어간 차가운 주스 한 잔과 달콤하고 바삭한 지각 한 접시!"

그러자 니쎄가 웃음을 터뜨렸다. 너무 심하게 웃는 바람에 의자에서 떨어졌다. 선생님은 나에게 조금 더 준비가 되면 다음에 다시 발표하지 않겠냐고 조심스럽게 물었다.

모욕적이었다. 내 인생에서 이토록 열심히 준비한 적이 없었는데! 비록 지각의 구조와 관련해서는 그렇게 많이 준비한 건 아니었다 해도 말이다. 나는 나머지 발표는 종이에 써 온 대로 단조로운 목소리로 크게 읽었다. 이 바보 같은 반에는 진정한 코미디언을 알아보는 사람이 아무도 없다는 것을 알았다. 내가 자리로 돌아가 앉을 때까지 박수를 치는 사람이 한 명도 없었다.

멜타는 따뜻하게 내 어깨를 두드리고 나와 눈을 맞추려고 했지만 난 내가 발표한 종이들을 아주 작은 사각형으로 만드는 데 집중하느라 그러지 못했다.

거울에 글을 쓰다

난 샤워할 때 아직도 내 머리가 이렇게 짧다는 것을 깜빡하곤 한다. 매번 샴푸를 왕창 짜서 머리에 바르는 바람에 흰 샴푸 거품이 미친 듯이 머리 전체를 뒤덮어서 씻어 내는 데 평생이 걸리는 것이다. 그게 그렇게 싫은 건 아니다. 나는 따뜻한 물을 맞으며 서 있는 것을 좋아한다. 예전에는 샤워하러 들어가기까지의 과정이 그냥 귀찮고 어렵게 느껴졌었는데 아빠가 억지로 시켜서 했던 것이 이제는 아주 좋다. 개운하다. 아빠한테는 굳이 말하지 않지만 말이다.

난 개그를 만들어야 한다. 더 재미있는 개그를 반드시 말이다! 난 습기로 자욱하게 김이 서린 화장실 거울에 손가락으로 글을 썼다.

난 초특급 유머 감각을 가질 수 있을까요, 엄마?

곧 머리에서 주먹만 한 비누 거품 덩어리가 튀어 거울 위에
서 미끄러져 내려오며 글을 지워 버렸다. 글이 모두 다 없어질
때까지 지워 버렸다.

코미디언 헨릭

삼촌이 도착했을 때 난 이미 외투도 다 입은 상태였다. 그래서 삼촌이 초인종을 누르는 것과 동시에 문을 열었다.

"오! 준비 완료인데!" 삼촌이 놀란 듯 말했다.

명예로운 오늘을 위해 난 빨간색과 파란색 줄무늬가 있는 스웨터를 입고 분홍색 꽃 한 송이가 꽂힌 파란 모자를 쓰고 검은색 진을 입었다. 바지가 얼마나 꽉 끼던지 맨살에다 검은색을 칠한 것 같이 보였다. 그리고 마지막으로 가죽 재킷을 입었다. 당연히 패션의 완성은 가죽 재킷이다.

"예스!" 내가 말했다.

삼촌은 등 뒤에 감추고 있던 꾸러미 하나를 앞으로 끄집어 내놓았는데, 신문지로 싸여 있었다. 딱 삼촌답다.

"그대에게!"

"아, 삼촌! 선물은 또 왜요? 제가 코미디 퀸이 되는 걸 도와 주는 걸로 충분한데!"

"당연히 생일 선물은 줘야지! 마음에 드는 햄스터 바퀴 못 찾았을 거 아냐?"

난 웃으며 선물을 받아 들었다. 딱딱하고 직사각형이었다. 책인 게 분명했지만 제발 책은 아니길 바랐다.

"네, 못 찾았어요."

삼촌은 내가 신문지를 뜯는 동안 기대에 차서 나를 보았다.

책이었다. 그럼 그렇지.《북유럽 신화적 존재》라는 책이었다. 표지에는 작은 땅의 요정 같은 존재가 도끼를 들고 서 있었다. 난 이런 책을 너무너무 좋아한다. 아니, 좋아했었다. 난 삼촌을 시무룩한 표정으로 보았다. 삼촌의 표정이 기대에서 어리둥절 로 바뀌었다.

"아니 왜? 마음에 안 들어? 이미 있는 거야?"

"아니요, 그런 게 아니라, 저 책 읽는 거 그만뒀잖아요."

"네 아빠가 말해 주긴 했지만 난 당연히 농담인 줄 알았지. 넌 항상 책 읽는 거 무진장 좋아했잖아!"

"그랬죠. 그런데 이젠 그만뒀어요."

삼촌은 두 팔을 들며 외쳤다. 절망적인 표정이었다.

"아니 왜?"

"사람은 변하니까요." 난 그냥 그렇게 던져 보았다.

"뭘 그렇게 계속 변해? 이제 제발 그만 변해, 어?"

"삼촌도 늘 똑같지는 않았잖아요?"

"아니, 난 거의 늘 똑같았어."

"무슨 소리예요! 늘 똑같았다고…… 삼촌 지금 몇 살이죠?"

"아이고…… 나도 잘 모르겠다. 스물아홉 살? 어…… 맞아, 스물아홉 살이야."

스물아홉. 원자번호 29는 구리다. 난 기억을 더듬었다.

구리는 붉은빛이 도는 준보석의 금속이다. 구리는 선명한 광택이 있으며 가단성과 신축성이 있다. 훌륭한 열전도체이며 은 다음으로 두 번째로 우수한 전류도체이다. 습한 공기, 특히 대기오염물질이 있는 경우에서 산화물 층을 형성하는데 이는 후에 소위 녹청이라고 불리는 녹색 층으로 변환될 수 있다.

"29년 동안 똑같았다고요? 솔직하게 그렇다고요?"

"예전에는 머리 스타일이 좀 다르긴 했지. 나한테는 그게 가장 큰 변화였고, 난 나 외에 다른 사람들만 모두 변했다고 생각해. 심각해지고 무지 지루해졌지. 솔직하게 말해서 나는 거의 같아. 안절부절못하고, 늘 즐겁고, 무슨 일이 일어나는 게 재미있고."

우리는 집 밖으로 나왔다. 나는 문을 잠그기 위해 엉덩이로 대문에 아이스하키 태클을 날리며 열쇠를 돌렸다. 삼촌은 담뱃갑에서 담배 한 개비를 꺼내 입에 물었다. 아파트 건물 밖으로 나오면 바로 피려고 늘 그렇게 한다.

"삼촌!" 나는 삼촌의 입에서 담배를 빼앗으며 심각하게 말했다.

"삼촌은 구리에서 머물고 싶은 거예요? 29번? 최소한 은이나 금은 돼야 할 거 아니에요? 아니, 오가네손은 안 되겠어요? 118번 말이죠!"

삼촌은 나를 보며 머리를 저었다.

"사샤. 네가 하는 말의 반도 못 알아듣겠어."

삼촌은 내 손에서 담배를 다시 빼앗아 갔지만 착하게도 담뱃갑에 도로 집어넣었다.

지하실 공연장은 어둡고 창문도 없었다. 한쪽 끝에는 무대가 있었는데 그리 크지는 않고 내 방보다 조금 큰 정도였다. 무대 앞에는 일고여덟 줄로 의자들이 놓여 있었다. 뒤쪽 끝에는 바 테이블이 있고 헨릭이 정장 재킷에 청바지를 입고 서 있었다. 나는 그를 알아보았다. 헨릭은 꽤 유명한 편이고 유튜브에서 헨릭의 비디오 클립을 아주 많이 봤기 때문이다. 난 헨릭이 특별히 재미있다고 생각하지는 않지만 그건 아마도 그는 어른 개그를 주로 하기 때문일 것이다. 그는 물을 마시고 꾸깃꾸깃한 종이에 적힌 뭔가를 읽고 있었는데 우리가 온 것을 못 본 듯했다. 삼촌이 어딘가에 들어갈 때 조용조용히 들어가는 사람은 아닌데도 말이다. 삼촌은 떠들고, 난간을 손바닥으로 꽉 쥐고는 쿵쾅쿵쾅 걸었다.

"안녕하세요?" 삼촌이 헨릭의 어깨를 살짝 쳤다. 그는 살짝 놀라더니 돌아보았다. 처음에는 삼촌을 보고 다음에는 나를 보았는데 우리가 왜 그곳에 있는지 모르는 눈치였다. 곧 그는 미소를 지었다. 크고 흰 치아를 드러내는 환한 미소였다.

"안녕하세요? 어떻게 들어왔어요? 아직 문 안 열었을 텐데." 이렇게 말하는 그는 살짝 두려워하는 듯했다.

"아, 여기 종업원이 들여보내 줬어요."

"네, 그 사람들이 아니라 다행이군요."

"누구요?" 난 무시무시한 훌리건 같은 사람들이 그를 찾아 밖에 있는 게 아닌가 상상하며 물었다.

"관객들 말이야." 그가 답했다.

우리는 보기에는 깨끗했지만 손을 대니깐 끈적끈적한 테이블에 둘러앉았다. 헨릭은 우리가 뭘 마시고 싶은지 물었다. 삼촌은 물을, 나는 콜라를 달라고 했다.

그는 바 테이블 뒤편으로 가더니 돈도 내지 않고 냉장고에서 콜라를 꺼내 왔다.

"여기 좀 이상한 냄새가 나요. 뭐죠?" 내가 삼촌에게 귓속말을 했다.

삼촌은 목을 길게 빼고 코를 킁킁거렸다.

"그게…… 곰팡이, 땀, 오래된 맥주…… 뭐 그런 것들일 거라고 봐."

"아…… 좋네요."

"그러니까 네가 스탠드 업 코미디가 하고 싶다고?" 헨릭이 콜라 병을 테이블 위에 올려놓으며 말했다. 그는 앉으면서 나를 강렬하게 바라보았다.

"네, 맞아요." 내가 말했다. 내 심장이 어찌나 심하게 뛰던지!

나는 절실했다. 모든 도움이 간절하다. 사회과학 시간의 그 대실패 이후에 특히나 말이다. 뜨거운 치욕의 파도가 몸 안에서 울렁였다. *얼음이 들어간 차가운 주스 한 잔과 달콤하고 바삭한 지각 한 접시!* 세상에! 내가 대체 무슨 짓을 한 것이었을까? 헨릭도 이건 아니라고 생각할까? 헨릭이 아예 배우는 게 불가능하다고 한다면? 그러나 그는 대신에 이렇게 말했다.

"멋진데! 이렇게 어린 스탠드 업 코미디언 지망생을 만나게 될 줄은 상상도 못 했는걸! 어떤 게 알고 싶지?"

난 내 재킷 주머니에서 플라밍고 공책을 꺼냈다. 질문들을 적어 놓았던 것이다.

"네. 저…… 팁 같은 거 좀 주세요. 스탠드 업을 시작하려고 할 때 규칙 같은 거……."

"한 가지 알아 둬야 할 게 있어. 제일 힘든 때는 첫 번째다. 첫 번째보다 안 좋은 때는 없거든. 완전히 토할 것 같지. 정말 죽을 것 같아."

난 공책에 적었다.

죽을 것 같다.

"저는 이미 첫 번째 스탠드 업을 했어요. 학교에서요. 사회과학 시간에." 내가 말했다.

"진짜? 대단한데! 어땠어?"

"그게…… 완전 구렸어요. 그래서 정확히 무슨 말씀인지 알겠어요."

그는 웃었다. "그랬군. 그렇지만! 두려움의 반대는 경험이야! 유일한 치료약이지. 무대에 올라가서 하는 거야! 한 번 했다면 이제 열 번 더 하는 거야. 그 열 번 중 두 번은 아마 꽤 괜찮을 거야. 나머지는 꽤 구릴 거고."

그의 말이 맞다. 그런데 더 구린 것들도 있다. 몇 분이면 끝나겠지만. 난 그래도 할 수 있을 것 같다. 해야만 하니까.

테이블 전체가 정신없이 떨리는 삼촌의 다리 때문에 흔들렸지만 헨릭은 그것도 못 느끼고 호기심에 차서 주변을 바라보았다. 우리 이야기를 듣고 있는 것 같지 않았다. 그는 물을 크게 소리를 내며 마셨다.

"이게 바보 같은 질문인지 모르겠는데…… 어떻게 개그를 만들죠?" 내가 물었다.

"네가 그 공책을 가지고 다니는 거, 그거 아주 잘 하는 거야."

그는 내 플라밍고 공책을 가리켰다.

"항상 가지고 다녀! 어디에서 무슨 이야기를 했는데 사람들이 웃었다, 그러면 공책에 적는 거지. 이상하거나 재미있는 일이 일어났을 때도 마찬가지고. 그리고 그걸로 개그를 짜는 거야. 가장 중요한 것은 네 스스로가 자신에게 철저하게 비판적인 자세가 되어야 하는 거야. 냉정하리만큼 자기 비판적이어야 해! 내 특징은 뭔가? 나는 키가 큰가, 작은가? 뚱뚱한가? 난 곱슬머리인가? 안경을 꼈나? 땀을 많이 흘려서 항상 겨드랑이 부분이 흠뻑 젖어 있나? 색맹은 아닌가? 내 몸에 문제는 없나? 내 삶에서 일어난 모든 안 좋은 일들은? 다 이야기해 봐. 사람들은 행복한 사람들의 이야기는 듣고 싶어 하지 않아. 일이 다 어긋나고 망하는 것을 듣고 싶어 하지. 너의 대한, 네 삶에 대한 나쁜 것들을 모조리 써서 리스트를 만들어."

나는 썼다. 나의, 내 삶의 모든 나쁜 것들.

헨릭은 몸을 돌려 삼촌을 빤히 보았다. 삼촌은 잠이 덜 깬 듯 헨릭을 보았다.

"오씨, 당신을 예로 든다면, 당신이 그 엘비스 머리에 대해서 개그를 해야 한다면, 어차피 무대에 올라갔을 때 사람들이 생각하는 건 그 머리 스타일일 테니깐. 무대에 올라가서 이렇게 말하는 거지…….”

헨릭은 실눈을 뜨고 잠시 생각하더니, 갑자기 눈을 번쩍이며 말했다.

“그래, 이렇게 두 팔을 쫙 하고 올리며 말하는 거지. ‘여러분들이 무슨 생각하는지 알아요. 엘비스가 어릿광대와 불륜으로 낳은 아이군.’”

“아, 그건 너무하잖아, 어릿광대라니!”

삼촌은 불쾌한 듯 했지만 이내 큰 소리로 웃었다. 나도 같이 웃었다.

“미안, 아 그래도 솔직히!” 헨릭은 삼촌을 향해 팔을 뻗으며 말했다. “줄무늬 스웨터, 멜빵바지에! 모자에는 꽃이 있고!”

“아, 그래요. 알았어요.” 삼촌은 자신의 가슴을 내려다보았다.

“삼촌 아주 멋있어요.” 나는 삼촌의 손을 토닥이며 말했다.

“고마워, 사샤! 너는 그래도 착하네!”

“별말씀을요. 삼촌 엄마가 내가 그런 말을 하라고 돈을 주긴 하지만 난 진짜로 그렇게 생각해요.”

난 화가 난 척하는 삼촌을 보고 한쪽 눈으로 윙크했다. 사실 삼촌은 웃고 있었다. 삼촌은 이 말에 익숙하다. 아빠와 삼촌은 맨날 저 말을 서로에게 한다. 매번 둘 중 한 명이 다른 한 명에게 칭찬을 한다. 둘 다 할머니를 엄마로 두고 있기 때문에 그 말이 재미있다. (그러니까 우리 할머니. 아빠와 삼촌의 할머니가 아니라. 그렇다면 진짜 이상할 것이다.)

그러나 헨릭은 그 말을 들어 본 적이 없는 듯했다. 그는 놀란 듯하다가 미소를 지었다.

"어, 그거 좋은데! 사샤라고 했지? 너 아주 재치 있는데! 그런 거 정말 중요하거든!"

난 양 뺨이 화끈거리는 것을 느꼈지만 그곳은 아주 어두워서 내가 얼굴이 빨개진 것이 표가 안 날 것이 분명했다.

"중요한 건 무대에 오르자마자 관객을 무장해제시켜야 한다는 거지. 바로 이런 식으로 하는 거야. 여러분들이 무슨 생각하는지 알아요. '엘비스가 어릿광대와 불륜으로 낳은 아이군.' 이렇게. 물론 꼭 이 말을 해야 하는 건 아니지만 무슨 말인지 알겠지?"

"그런데 그건 뭐예요? 무장해제?"

"아, 그건 네가 무대에 올라가면 관객은 걱정하거든. 네 걱정을 하는 거야. 그런데 즉시 너 자신에 대해 저런 말을 해 주면 관객은 안심하는 거지. 그러면 '아, 네가 자신 있구나.' 하고 알게 되니까. 이건 비행기 기장의 유니폼에 비유할 수 있어. 그 사람들도 유쾌하게 가재 모자[13]를 쓰고 수영복 차림으로 비행하고 싶지 않겠어? 사실 비행할 때 유니폼을 꼭 입을 이유는 없거든. 그런데 왜 꼭 불편하게 유니폼을 입는 걸까! 왜? 바로 승객들한테 보여 주기 위해서야. 우리는 자신 있다. 다 우리 통제 안에 있다. 비행기에서는 승객들이 불안해하면 난리가 나는 거지. 여기서도 마찬가지야. 무대 위에 올라가서 네가 유니폼을 입고 있다는 걸 보여 줘야 하는 거지."

나는 고개를 끄덕였다. 빨리 받아 적으려고 하도 휘갈겨 쓰는 바람에 잘 알아볼 수조차 없게 되었다. '유니폼을 입고 있다.'를 휘갈겨 써서 마치 '유니콘을 입고 있다.'처럼 보였다. 나중에 다시 읽을 때 무슨 말인지 잘못 이해해서 혹여나 유니콘 뿔 같은 걸 머리에 쓰는 일이 없기를 바랐다.

"네가 아이라는 것을 이야기한다고 예를 들어 보자. 그게 제일 눈에 띄는 거니깐 말이야. 네가 머리 이야기를 안 한다면 그건 완전 이상한 일이 될 거야. 네 머리가…… 머리 가죽을 벗긴 바비 인형 같잖아……."

그는 실수한 게 아닌가 잠시 머뭇거렸다. 나는 내 짧은 머리를 손으로 만져 보고는 그제야 내 머리 상태가 정말 그렇다는 걸 깨달았다.

"화나지 않았어?"

"아니요. 뭐 맞는 말씀이에요. 제가 그 개그 훔쳐도 될까요?"

---

13 스웨덴에서는 늦여름부터 가을까지 친구들이나 가족들끼리 모여서 가재 요리를 먹는데 이때 가재가 그려진 냅킨, 일회용 접시, 종이 고깔모자 등을 사용하며 축제 분위기를 냄.

"당연하지, 그렇지만 다른 코미디언의 개그는 절대 훔쳐선 안 돼. 그건 사형감이야."

사형이라.

"네 특별한 점은 뭘까? 어떤 걸 사용할 수 있을까? 거지 같고 말도 안 되는 뭐 그런 경험 없어?"

그는 몸을 앞으로 빼고는 나를 빤히 응시했다. 난 고민했다. 무슨 말을 할 수 있을까? 엄마에 대해 말해도 될까?

"가장 먼저 떠오르는 걸 말해 봐." 그가 말했다.

"우리 엄마가 죽었어요."

그는 흠칫했다.

"이런, 아뿔싸. 미안해."

"왜요? 아저씨가 우리 엄마를 죽였어요?" 너무 세게 말해 버렸다. 그는 살짝 웃더니 나를 향해 손가락 동작 같은 것을 했다. 총을 그리는 것 같았다.

"그래, 잘하는데! 음…… 그걸로 뭔가 할 수 있을까? 사람들이 너를 가엽게 여기는 거? 자신이 엄마가 죽었다고 하면 사람들이 어떻게 행동하는지에 대한 거? 사람들이 말하는 바보 같은 것들?"

"그런 거 많죠."

"그래! 좋아! 사람들이 뭐라고 하는데?"

"'오, 너는 정말 강해!' 이러죠. 아니, 그러면 내가 다른 선택의 여지가 있나? 아니면 '우리 엄마가 죽으면 나는 절대 못 견딜 거야. 우리 엄마는 내게 전부거든.' 이러더라고요. 그럼 난 뭐죠? 난 엄마를 끔찍이 생각하지 않아서 살아 있나요? 못 견디면 내가 어쩔 건데요. 나도 같이 죽으라고요?"

"사람들은 다 바보 멍청이들이지." 삼촌이 이마에 모자를 뒤로 올리며 말했다. 화난 목소리였다.

"엄마가 아프셨니? 어떻게 돌아가셨어? 괜찮다면⋯⋯."

난 주저하는 눈빛으로 삼촌을 바라보았다. 삼촌은 어깨를 으쓱했다.

"엄마는⋯⋯ 자살하셨어요."

"아⋯⋯ 이런. 음⋯⋯ 정말 미안하구나. 무슨 말을 해야 할지 모르겠어⋯⋯."

"알아요⋯⋯ 다들 모르는 것 같아요."

우리는 한동안 조용히 앉아 있었다. 헨릭이 정신이 다른 세계로 이동한 것 같은 눈으로 나를 보았다.

"이걸로 개그를 만들어도 될까요?" 내가 조심스럽게 물었다.

"아니, 안 돼. 절대 안 되지. 그걸 그러면 안 되지. 그건 너무 슬플 거야. 혹시나 만에 하나, 나중에⋯⋯ 아주 나중에 어른이 되면 몰라. 그때도 안 될 것 같지만⋯⋯ 지금은 절대 안 되지."

조깅용 레깅스에 나시를 입고 야구 모자를 쓴 여자가 계단을 내려왔다.

"안녕하세요!"

"안녕!" 헨릭이 인사했다.

"잠시 준비 좀 하려고요. 마이크 테스트를 해야 해서. 방해 안 할게요." 그녀가 말했다.

"곧 시작하는 거예요? 이제 그만 가셔야 하는 것 아니에요?" 내가 물었다.

"어, 아무래도 그래야 될 것 같아." 헨릭은 자리에서 일어서 며 말했다.

헨릭은 아직도 살짝 몸이 떨리고 있는 것 같았다. 누가 안 그러겠는가?

"한 가지만 더 여쭤봐도 될까요?" 내가 말했다.

"물론."

"저, 초특급 유머 감각 있잖아요. 아시죠? 타고나는 개그 감각. 그걸…… 노력해서도 얻을 수 있을까요?"

난 헨릭의 시선을 마주할 용기가 없었다. 그가 뭐라고 말할 지 두려웠다.

"당연히 노력으로 얻을 수 있다고 생각해. 어떤 사람들은 다른 사람들보다 쉬울 수 있겠지만. 그들이 웃기는 개그를 짰다는 것을 그들의 몸이 증명해 주는 것 같다고나 할까? 그런 사람들은 개그가 자동으로 나오는 것 같다니까. 그걸 받아들이기만 하면 되는 거지. 중요한 건 사람들에게 먹히는 개그가 어떤 건지 파악하는 거야. 유머의 큰 부분이 몸 언어와 목소리거든. 무슨 말을 하는 것뿐만 아니라. 너 웃기는 동작 할 수 있어? 좀 엉성하게 바보같이 서 있는다거나? 아니면 노래를 아주 웃기게 부른다거나? 목소리를 이상하게 해서 말할 수 있어? 뭐든지 먹힐 만한 게 있다면 다 하는 거지! 최대한 많이 해 보는 거야! 웃길 만한 게 있다면!"

내가 화장실에서 나왔을 때, 헨릭과 삼촌이 낮은 소리로 이야기하고 있었다. 난 화장실 쪽으로 뒷걸음질쳤다.

"난 사샤가 '생일 파티에 못 가게 된 적이 있어서 슬펐어요.' 뭐 이런 이야기를 할 줄 알았지. 어쨌든 정말 미안해. 아……정말이지…… 그 아이가 괜찮으면 좋겠어."

"그건 알 수 없는 거였으니까요." 삼촌이 말했다.

"그래도 내가 너무 바보 같단 말이야."

"난 늘 내가 바보 같다고 느끼는걸요."

난 화장실 문을 쾅 하고 열어젖혀서 내가 나오는 소리가 들리도록 했다.

"사샤, 잘했어?" 삼촌은 내 어깨에 팔을 두르며 말했다.

"오줌 싸는 거 잘했냐고요? 네, 물어봐 줘서 고마워요. 그것도 잘했다고 할 수 있다면요."

헨릭은 헛기침을 하고는 자신의 회색빛이 도는 검은색 머리카락을 쓸어 넘겼다.

"저기, 한 가지 생각이 났어. 내가 2주 뒤에 한 클럽에서 스탠드 업을 하는데, 그 클럽에서 화요일마다 코미카즈 코미디라는 프로그램을 하거든. 난 15분 동안 무대에 서게 됐어. 이 업계에서는 일분일초를 정확하게 다루거든. 그중에 3분을 네게 줄게. 네가 해 보고 싶다면 말이야. 한번 진짜 무대에 서 보는 거지. 난 네가 할 수 있다고 생각하거든."

나는 그를 빤히 쳐다보았다. 지금 내가 들은 게 진짜일 리가 없었다.

"정말요?"

"그래!" 그는 크게 미소를 지으며 말했다.

내가 가여워서 그러는 걸까? 그래도 상관없다. 난 갑자기 너무 기뻐서 몸이 공중으로 떠오르는 것만 같았다. 행복의 방울방울들이 나를 하늘 위로 밀어 올리는 것 같았다. 뭉실뭉실 헬륨 풍선들처럼!

"네! 네! 하고 싶어요!"

대박! 내가 첫 번째 개그 공연을 하게 된 것이다!

진짜로 미친 게
뭔지 보여 줘?

내가 진짜로 유머의 유자도 모르는 우리 반 아이들 말고 제대로 된 관객들 앞에서 개그 공연을 하게 된 이상, 연습해야 한다! 난 몇 가지 새로운 개그를 만들어 보았다. 내가 교실에서 폭탄 투하를 한 터라(그렇다, 용어가 그렇다.) 다시 교실에서 개그를 하고 싶은 마음은 별로 들지 않았다. 나는 다른 대안을 생각해 보았다.

1. 할머니

글쎄…… 하는 망설임이 울려 퍼진다. 할머니와 나는 유머 코드가 다르다. 할머니는 길에서 한 할아버지가 술에 취해서 바나나 껍질에 미끄러져 넘어지는 것에 웃는다. 부인들이 자신의 남편들이 게으르고 경찰들을 두려워한다며 밀가루 반죽 방망이로 두드려 패는 것이 재미있다고 생각한다. 과장된 사투리를 쓰지 않으면 웃지도 않는다.

2. 삼촌

삼촌은 너무 잘 웃는다. 내가 무슨 개그를 하든 삼촌은 다 웃을 것이다. 모조리 다 웃기다며 웃을 것이다. 그러면 뭐가 진짜로 재미있는지 알기가 어려워진다. 내가 최근에 삼촌 앞에서 개그 하나를 하다가 갑자기 영어 숙제를 안 한 것이 떠올라 나도 모르게 "아, 이런. 영어 숙제해야 하는데."라고 말해 버렸다. 그러자 삼촌은 거기에도 엄청 웃었다. 그건 전혀 개그가 아니었는데도 말이다.

3. 멜타

멜타는 괜찮을 수 있겠다. 다만 멜타한테는 너무 많이 개그를 연습해 봐서 지겨워할지도 모르겠다. 최근에 해 봤을 때, 멜타의 웃음이 아주 자연스럽지 않았던 것 같다. 게다가 그 애는 요즘 사랑하는 밴조 연습에 한창이다. 곧 자신의 유튜브 채널을 열어서 밴조 연주곡들을 올리려 하고 있기 때문이다. 멜타의 채널 이름은 〈밴조 베이비!〉이다. 꽤 괜찮은 이름이라고 생각한다.

나에겐 제대로 들어 줄 수 있는 관객이 필요하다. 평가하지 말고 말이다.

그때 불현듯 기가 막힌 생각이 떠올랐다! 쿠키도우와 친구들! 그 토끼들이 내 관객이 되어 줄 수 있지 않겠는가!

내가 아스푸드 공원으로 이어지는 꾸불꾸불한 보도로 들어갔을 때 하늘은 흐린 회색빛이었다. 4월이라는 게 믿기지 않는 날씨였다. 날씨에 대한 노래를 떠올려 보면 '1월은 한 해가 시작하고, 2월은 다음에 오고,' 여기까지는 뭐 반대할 부분이 없다. 하지만 다음에 '3월 4월의 머리카락에 새싹이 나네!' 이 부분은 전혀 아니다. 새싹은 무슨. 나무에도, 관목에도 새싹이 안 나는데! 어쨌든, 좋다. 공원에 사람이 많지 않을 테니, 방해받지 않고 연습해 볼 수 있다.

한 아빠가 빨간 오버올 점퍼를 입은 두 아이들과 작은 카페 밖, 나무 테이블에 앉아서 음료수를 마시고 쿠키를 먹고 있었다. 그 옆에는 커다란 로트와일러가 아이들과 바닥에 떨어지는 쿠키를 주시하고 있었다.

난 내가 개를 키우게 되면 어떻게 할지 잠시 생각했다. 나라면 엄격한 주인이 되어 개가 쿠키 부스러기 따위는 먹지 못하게 할까? 아니면 너그러운 주인이 될까? 그렇게 되면 개들이 구걸하기 시작할 거고 그건 재미없겠지? 그래도 혼자서 맛있는 걸 먹으면서 자기 개는 못 먹게 한다는 것도 나쁜 것 같다. 특히 그 개가 아주 작은 강아지이고 세상을 잘 몰라서 그저 울먹이는 큰 눈을 하고선 머리는 한쪽으로 살짝 기울이고 바라본다면 말이다. 작은 강아지만이 할 수 있는 그 심장을 저격하는 포즈로 말이다.

갑자기 정신이 번쩍 들었다. 내가 지금 뭐하고 있지? 난 개를 안 키울 텐데 무슨 상관이야! 리스트 2번, 살아 있는 것 키우지 말기.

바람이 강해졌다. 바람이 어찌나 차갑던지 볼을 바늘로 찌르는 것만 같았다.

공원에 도착했을 때 쿠키도우와 그 애의 친구들이 보이지 않았다. 조금 더 가까이 가서 살피자 그 작은 나무 집에 숨어 있는 것이 보였다. 날씨가 이러니 충분히 이해가 되었다. 나는 옷을 따뜻하게 잘 챙겨 입고 있었다. 두툼한 레몬색 오리털 잠바에 털모자와 털장갑까지. 나는 나무 계단을 올라가 울타리를 넘어 반대편으로 내려갔다. 조심히 발을 내딛었다. 그러자 토끼들이 나에게 모여들었다. 서로 아주 가까이 붙어 있었는데 개암나무 너트가 쿠키도우의 얼굴에 자기 엉덩이를 눌렀다. 그래도 쿠키도우는 신경 쓰지 않는 듯했다. 나는 속으로 코가 시려울 때는 자기들끼리 저렇게 엉덩이를 붙이고 꼬리를 비비는 게 좋을지도 모른다고 생각했다.

"안녕, 쿠키도우! 안녕, 개암나무 너트! 안녕, 캐슈너트! 안녕, 소나무 너트!" 나는 반갑게 인사했다.

원래 토끼한테 음식을 주면 안 되는 걸 알지만, 이번만은 정말 필요한 상황이었으므로 난 파슬리 화분 하나를 가져갔다. 난 파슬리 네 줄기를 뜯어 그 나무 집 밖 차가운 바닥 위에 내려놓았다. 쿠키도우는 내 쪽으로 몸을 돌려 코를 킁킁거렸다. 그리고는 파슬리 쪽으로 조심스럽게 폴짝폴짝 점프를 했다. 다른 토끼들은 그대로 나무 집안에서 벽 쪽을 서로 누르면서 코로는 냄새를 맡고 있었다.

"파슬리야! 아주 맛있어! 몸에도 좋고 철분이 아주 많아. 너희들도 힘이 세지고 싶지? 튼튼한 심장을 가지고 싶지? 두려움에 떨다 죽고 싶지 않지? 다들 나와!"

내 목소리는 다소 급해졌다. 그러면 안 되는데. 쿠키도우는 다시 친구들에게로 폴짝 뛰어갔다. 토끼들과 있을 때는 엄청난 인내심을 가져야 한다. 난 토끼들이 그냥 나무 집 안에 있는 채로 진행하기로 했다. 다만 그 안에 그냥 앉아 있더라도 최소한의 예의는 갖추어 나를 봐 주길 바랐다. 서로의 엉덩이를 보지는 않는 걸로 말이다. 그래 주면 아주 고맙겠어!

토끼들은 한동안 조금씩 움직이고 서로의 토실토실한 엉덩이를 밀고 당기고 하더니 마침내 모두가 같은 방향으로 푸른 파슬리 가지 하나씩을 입에 물고 앉았다. 파슬리는 순식간에 쉴 새 없이 오물거리는 그들의 입안으로 사라졌다. 아, 이제 지체할 수 없다. 난 장갑을 벗고 잠바 주머니에 있던 종이를 꺼냈다.

"친구들, 인생의 동료들, 무엇보다 토끼 여러분! 여러분이 무슨 생각을 할지 압니다……. 아…… 내 머리 스타일이 머리 가죽을 벗겨 놓은 바비 인형 같다고."

오프닝 멘트는 그냥 땅에 떨어졌다. 좋게 생각하자면 아예 잘못 말할 수도 있었고, 게다가 모자를 쓰고 있어서 머리가 보이지 않기도 했으니 이 정도면 뭐 그런대로 괜찮지 않을까…… 토끼들은 나를 쳐다보지도 않고 앞만 보고 있었다. 고집스럽게 파슬리 가지를 씹으면서 말이다.

난 바닥을 몇 번 발로 두드리고는 종이를 내려다보고 다시 힘을 내어 말했다.

"여러분이 아실지 모르겠지만 저는 바로 여기 근처에 살아요. 아빠와 아파트에 말이지요. 저는 음악 연주를 좋아해요. 소리를 크게 내는 음악이요. 그래서 문제가 되기도 하죠. 무지하게 뾰로통한 이웃이 하나 있는데 내가 연주를 할 때마다 벽을 두드리는 거예요. 이렇게요." 나는 허공에 대고 이웃이 얼마나 세게 벽을 두드려 대는지 보여 주었다.

쿠키도우는 나를 올려다보았다. 개암나무 너트는 파슬리를 또 먹으려고 몸을 뻗었다.

"그러면 난 정말 화가 나요, 왜냐하면 전 큰 소리로 음악 하는 걸 좋아하니까요! 그래서 저는 그의 머리가 어떻게 되도록 만들어 주려고 해요. 어제 그가 벽을 두드렸을 때 난 소리쳤어요. '돌아가세요! 그래봤자 우리 집 벽을 열지는 못해요. 당신네 집 벽에는 손잡이가 있는지 모르겠는데 우리 집 벽에는 그런 게 없고 그냥 납작하니까요!'"

나는 반응을 기다렸다. 아무런 반응이 없었다. 캐슈너트는 돌아서 버렸다. 그는 공원 중앙에서 메- 하고 울며 걷고 있는 염소를 보았다. 난 헛기침을 하고는 쿠키도우를 뚫어지게 쳐다보았다.

"어제 아빠가 자기 사진을 보여 주면서 '아빠가 더 젊었을 때 사진이야.'라고 했어요. 난 아빠를 멍하니 쳐다보면서 '그게 무슨 말이에요? 자기 사진이라면 죄다 더 젊었을 때 사진이죠. 지금 사진을 찍는다 해도 1초 더 젊었을 때 사진이 되는 거잖아요.'라고 했죠."

토끼들은 파슬리 화분에 있는 마지막 가지를 먹고 있었다. 난 마지막으로 한 번 더 해 보리라 결심하고 잠바의 지퍼를 내리고 내 스웨터를 가리켰다.

"자, 보세요. 보시다시피 난 지금 폴로 스웨터를 입고 있어요. 근데 난 폴로 스웨터를 좋아하지 않아요. 폴로 스웨터를 입고 있으면 아주 약한 사람한테 하루 종일 목이 졸리는 느낌이거든요."

토끼들은 전혀 관심을 보이지 않았다. 땅에 대고 코를 킁킁거리기만 했다. 이제 파슬리 화분은 완전히 비어 있었다. 나는 짜증이 났다.

"너희가 나를 얼마나 이해하느냐는 그냥 내가 얼마나 많은 파슬리를 제공할 수 있느냐에 달려 있는 것 같단 말이지."

바로 그때 고개를 들자 티라와 마티나가 울타리 옆에 멈춰서는 것이 보였다. 그들은 나를 응시하고 있었다. 티라가 분 분홍색 풍선껌이 천천히 가라앉으면서 그 애의 입술을 덮었다.

"어······." 마티나가 말했다.

"여기서 뭐 해?" 티라가 풍선껌을 다시 입안으로 모아 넣어 씹으면서 물었다.

"토끼들이랑 이야기해. 너는 뭐하는데?"

"누구······ 토끼랑 이야기한다고?"

티라는 자신의 귀를 의심하는 듯이 마티나를 쳐다보더니 둘은 함께 웃기 시작했다. 사악하고 야단스러운 웃음이었다.

"어떤 사람들하고 이야기하는 것보다 토끼들이랑 이야기하는 편이 더 의미 있을 때가 있으니까."

난 티라에게 자기 이야기라는 걸 알려 주려고 그 애를 노려보았다.

"사샤, 너 이제 진짜로 머리가 돈 거 아니야?" 티라가 말했다.

"그게 무슨 말이야?"

"네가 문제가 있다는 것 다 알잖아." 티라가 말했다.

"정신과에 다니고, 그런 거……" 마티나가 거들었다.

"네가 정신에 문제가 있는 건…… 그거 유전 아냐? 그러니 네 엄마처럼 미치지 않으려면 조심해야 한다고."

그 순간 내 안의 분노가 폭발했다. 스스로 미처 깨닫기도 전에 나는 포효하며 울타리를 넘어 달려들고 있었다. 마티나와 티라는 순간 서로를 보더니 몸을 돌려 줄행랑을 쳤다. 그들의 날카로운 비명이 공원에 울렸다. 그런 힘이 어디서 나왔는지 모르겠지만 나는 두 손으로 계단을 집고 단 한 번에 그대로 울타리를 넘어 버렸다. 바로 한 번에. 내 다리에 강철 날개가 달린 듯했다. 나는 최고로 빠른 속도로 뒤쫓아 갔다. 그들을 잡으면 어떻게 해야 할지는 몰라도 그냥 잡아야만 했다. 마티나는 블롬베리 거리 언덕길로 달아나고 있었고 티라는 뒤처지고 있었다. 뒤돌아보는 그 애의 눈이 잔뜩 겁에 질려 있었다. 하지만 난 상관없었다. 그 애가 한 말만이 머릿속에서 맴돌 뿐이었다.

그거 유전 아냐? 그러니 네 엄마처럼 미치지 않으려면 조심해야 한다고.

나는 거의 따라 붙었다. 이제 몇 미터 안으로 좁혀졌다. 난 더 힘을 내어 아스팔트를 디뎠다. 머릿속에서 강하게 울리는 내 숨소리를 들었다. 티라는 비명 지르기를 멈추고 달리기만 했다.

마침내 난 티라의 짙은 청색 재킷을 잡아채서 있는 힘껏 끌어당겼다.

"이거 놔!" 티라가 소리 질렀다. "마티나! 도와줘!"

그러나 마티나는 멈추지 않고 계속해서 시내 쪽으로 달아나고 있었다. 티라는 벗어나려 바동거렸지만 난 그 애의 재킷을 양손으로 잡고 나무에 세게 밀쳤다. 그리고 단 몇 센티미터만을 남겨 두고 티라와 얼굴을 마주 봤다. 우리는 둘 다 거칠게 숨을 헐떡이고 있었다. 그 애의 입김에서 딸기 맛 풍선껌 향이 났고 화장한 눈은 겁에 질려 팽창되어 있었다. 난 분노에 차서 소리 질렀다.

"너. 다시는. 나한테. 그런 말. 하지 마! 알아들어? 안 그랬다간 내가 진짜 미친 게 뭔지 보여 주겠어!"

나는 그 애를 나무로 한 번 더 세게 밀치고는 반 발자국 뒤로 물러섰다.

"넌 완전히 미쳤어!" 티라가 소리 질렀다.

그리고 그 애는 흐느꼈지만, 난 신경 쓰지 않았다. 내가 심했다 해도 상관없다. 이 일로 벌을 받아도 상관없다. 상관없다. 상관없다.

남겨 둘 것,
버릴 것, 남 줄 것

엄마가 죽었을 때 나는 3일 동안 학교에 가지 않았다. 아빠는 더 오래 집에 있어도 된다고 했지만 내가 그러고 싶지 않았다. 그동안 아빠가 집에서 한 일이라곤 청소뿐이었다. 아빠는 로봇처럼 그 임무에만 집중해 매달렸다. 집 안을 왔다 갔다 하며 집에 있는 모든 찬장, 서랍, 옷장, 상자에 있는 물건들을 꺼내 다시 정리했다. 엄마 물건만이 아니었다. 엄청나게 많았다. 화장품, 옷, 가방, 모자, 신발, 안경, 헤어스프레이, 샴푸, 책.

아빠는 거실에 물건들을 산더미처럼 쌓아 놓고 분류했다. 남겨 둘 것, 버릴 것, 남 줄 것. 난 아빠에게서 엄마의 화장품을 받았다. 엄마의 향수도 버릴 것 더미에서 구해 냈다. 향수를 내 방에 가져다 놨지만 향을 맡을 자신은 없었다. 눈물이 날까 무서었기 때문이다. 울기 시작하면 절대 멈출 수 없을 것만 같았다.

그런데 학교에 가기 전날 저녁에 아빠가 말했다. 내게 무슨 일이 있었는지 반 아이들도 알아야 한다고. 선생님이 다 이야기할 거라 하셨다. 난 기겁을 했다.

걔네가 알 게 뭐가 있나? 아빠가 대체 뭐라고 말했단 말인가? 난 말하면 안 된다고 소리쳤다. 절대 무슨 말도 하면 안 된다고 했다. 하지만 아빠는 자신이 내 아빠니까 어떻게 하는 게 나한테 가장 좋을지 안다고 말했다. 그래서 난 아빠가 학교에 말하면 죽어 버리겠다고 했다. 아무 생각 없이 그렇게 말해 버렸다. 그냥 말이 나왔다. 아빠는 동작을 멈췄다. 그리고 천천히 몸을 돌리더니 단호하게 말했다.

"그런 말 하지 마."

그 다음에 아빠는 소리를 질렀다.

"다시는 그런 말 하지 마!"

아빠는 물건 더미 사이에 서 있었다. 남겨 둘 것, 버릴 것, 남 줄 것들 사이에 말이다. 나는 내가 버릴 것들에 놓여야 한다고 생각했다. 아빠가 나를 버리면 이 모든 것에서 벗어날 수 있을 텐데. 그렇지만 그렇게는 안 되었다. 대신에 나는 포효했다. 단어가 아닌 외마디 소리를 지르며 내 방으로 뛰어 들어가서 문을 쾅 하고 닫아 버렸다. 난 베개를 얼굴 위에 대고 눌렀다. 내가 예전에 내 이름을 수놓은 베개다. 아주 오래전에 크로스 스티치, 줄기 스티치, 체인 스티치 같은 걸 배울 때였다. 멜타는 '우주 최고 엄마'라고 수놓았고 나는 내 이름을 수놓았다. 난 내 베개가 너무나도 마음에 들어 다른 사람에게 주고 싶지 않았다. 아주 이기적인 아이였지. 난 베개로 더 세게 얼굴을 눌렀다. 더 이상 이 세상에서 아무것도 보고 싶지 않았다. 듣고 싶지도, 느끼고 싶지도 않았다.

잠시 후, 아빠가 방문을 두드렸다. 아빠의 목소리가 잠겨 있었다. 아빠는 침대 위에 앉아 내 얼굴 위에서 베개를 치우려 했지만 난 베개가 산소마스크라도 되는 양 꽉 붙잡았다. 사실은 오히려 숨쉬기 어렵게 만들고 있었지만 말이다. 아빠가 조심스럽게 내 다리를 토닥였다.

"미안해, 우리 딸. 미안. 너한테 화가 난 게 아니야. 엄마한테 화가 난 거야."

"어떻게 엄마한테 화가 날 수 있어요?" 난 베개 밑에서 물었다. 숨 막힌 듯한 목소리가 나왔다. "엄마는 아픈 거였잖아요! 아빠가 그랬잖아요, 엄마는 아팠다고. 아픈 사람한테 어떻게 화를 내요?"

난 애써 목소리를 가다듬었다. 내 목소리는 마치 속삭이는 것처럼 들렸다.

"죽은 사람한테……."

"모르겠다. 사랑하는 사샤. 나도 모르겠어……. 그래…… 화를 못 내겠지만…… 난 화가 나……."

결국 아빠는 세실리아 선생님에게 말했고 선생님은 내가 없을 때 반 아이들에게 말했다. 난 그곳에 있고 싶지 않았다. 선생님이 그 이야기를 할 때 충격에 빠진 아이들의 얼굴을 보고 싶지 않았다. 그들의 호기심 섞인 질문 따위는 듣고 싶지 않았다. '언제? 왜? 어떻게?' 그들이 이런 생각을 하는 모습을 보고 싶지 않았다. '나한테 그런 일이 안 일어나서 얼마나 다행인지 몰라. 우리 엄마는 살아 있어서 얼마나 다행인지 몰라.' 그리고 바로 다음 순간에는 완전히 깨끗하게 잊어버리고는 '오늘 점심에 블러드푸딩[14]이야? 아, 나 그거 딱 질색인데!'라고 이야기할 것이다.

내가 학교에 돌아갔을 때 반 분위기는 무척 이상했다. 이상한 침묵이 흐르는 복도와 나를 돌아보고는 다시 고개를 돌리는 얼굴들, 나를 빤히 응시하는 눈빛들과 여기저기서 귓속말 하는 모습들이 보였다.

유일하게 아무렇지도 않게 행동한 건 멜타뿐이었다. 우리는 전에도 친구였지만 그렇게 친한 사이는 아니었다. 방과 후에

---

14 선지 같은 것으로, 주로 스테이크처럼 구워서 잼과 함께 먹는다.

따로 만나거나 하지는 않았다. 그런데 그 애가 집으로 찾아왔다. 첫 날은 문을 열지 않았다. 그러자 그 애는 우편함에 초콜릿 바와 쪽지를 남겨 놓고 갔다. 쪽지에는 '해리 포터는 디멘터에게 영혼을 빼앗길 뻔했을 때 초콜릿 덕분에 살아남을 수 있었어. 진짜로 효과가 있는지는 모르겠지만, 우리도 한번 해 보자.'라고 쓰여 있었다.

우리도 한번 해 보자. 우리. 그 말이 너무 따뜻했다. 그러자 난 더 이상 혼자가 아니었다. 두 번째로 그 애가 왔을 때 나는 문을 열었다. 세 번째도 네 번째도. 그리고 그 이후 계속해서. 그 애는 항상 초콜릿을 가져왔다. 아마 우리 둘이서 이까 아스푸덴[15]의 초콜릿 코너를 다 해치웠을 것이다. 너트, 퍼지, 바다 소금, 스위스 너트, 오렌지 맛, 얍, 다임, 스니커즈. 몽땅 다. 확실히 난 그 초콜릿들을 먹으면서 조금씩 기분이 나아졌다. 멜타 덕분에 난 잠시나마 모든 것을 잊을 수 있었다. 우리는 특별히 이야기를 많이 하지도 않았다. 영화와 유튜브를 같이 봤을 뿐이다. 그 애는 늘 내 옆에 앉았다. 늘 거기 있었다. 그 애의 금색 곱슬머리, '순종'이라고 쓰인 야구 모자, 그 애가 뭔가를 말할 때 내는 다급한 목소리. 그렇게 우리는 베프가 되었다.

---

15 이까는 스웨덴의 가장 큰 슈퍼 체인. 아스푸덴은 동네 이름.

〈사람들이 하는 바보 같은 말〉

1. "네 기분 이해해."
아니, 넌 이해 못 해. 절대로. 백 년이 지나도 절대 이해 못 해.

2. "너 정말 강해! 나라면 절대 이겨 내지 못할 거야."
강하다니? 나에 대해 뭘 아는데? 나한테 무슨 선택의 여지가 있
는 것 같아?

3. "세상에…… 비겁하게 자살이라니!"
그런 말은 정말 끔찍해. 누군가 폐암으로 죽었을 때 비겁하다고
해? 아니면 심장마비로 죽었을 때 비겁하다고 해? 엄마는 우울증
으로 죽었어. 그냥 그런 거야. 엄마가 더 이상 이 세상에 없다는
게 너무 화가 나고 너무 그리워서 머리가 터져 버릴 것 같지만, 그
래도 난 엄마가 비겁하다고 생각하지 않아.

4. "스스로 목숨을 끊는 건 너무 이기적이야."
사실이 아니야. 엄마는 세상이 너무 끔찍하다고 생각했고 자신의
존재가 세상을 더 끔찍하게 만든다고 생각했어. 엄마는 자신이 우
리 삶을 망치고 있다고 믿었지. 자신이 없는 게 나와 아빠한테 더
좋을 거라고 생각했던 거야. 엄마가 그렇게 믿은 것은 끔찍하게

불행한 일이지. 하지만 엄마는 정말 그렇게 믿었던 것뿐이야. 나는 알아. 실제로 엄마가 나한테 그런 말을 한 적이 있었어. 나는 절대 그렇지 않다고 여러 번 말했지만 엄마는 듣지 않았어.

5. "어떻게 자살하셨어?"

사람들이 이렇게 물으면 증오심이 올라와. 이건 나를 위해 하는 질문이 아니야. 나중에 다른 사람들한테 이야기하기 위해 하는 질문이지. 내가 없을 때 가십거리로 떠벌리기 위해서 말이야. 나도 몰라. 절대 알고 싶지 않다고.

6. "그런데 넌 아주 즐거워 보이네!"

그럼 내가 어떻게 보여야 하는데? 내가 티 내고 싶지 않다는 걸 너는 모르는 거야? 내 슬픔에 다른 사람들을 초대하고 싶지 않다고. 이건 내 슬픔이고, 우리 엄마라고, 물러나라고!

7. "모든 것은 다 의미가 있는 거야."

아니. 그렇지 않아. 이런 어처구니없는 말이 어디 있담. 엄마가 죽은 건 처음부터 끝까지 다 아무 의미 없어.

8. 아무 말 안 하기. 그냥 말을 전혀 하지 않는 거.

나더러 재킷을 고치라고?

티라의 엄마가 우리 아빠에게 전화해서 무식하게 화를 냈다. 걔네 엄마가 전화기에 대고 소리를 지르는 바람에 나는 모든 단어를 다 알아들을 수 있었다. 그녀는 우리가 상황이 안 좋다는 건 알지만 정도가 지나쳤다고, 내가 티라를 겁주고 협박했을 뿐만 아니라 그 애의 4천 크로나짜리 재킷을 망가트렸다고 고래고래 소리를 질렀다. 내 첫 반응은 '재킷을 무슨 4천 크로나씩이나 주고 산단 말인가!'와 '망가지다니 바느질 단이 하나 나간 거 말인가?'였다.

"도대체 무슨 일이 있었던 거니?"

아빠가 티라의 엄마에게 최소 일곱 번은 사과한 후 전화를 끊고 나서 내게 물었다.

우리는 부엌 식탁에 앉았다. 감자 수프는 통화가 길어지는 바람에 좀 식어 있었다.

"뭐…… 무슨 일은요……. 티라가 바보같이 굴어서…… 걔가 기분 나쁜 말을 했거든요."

그러면서 나는 아빠가 켜 두었던 초의 촛농을 검지 끝으로 찔렀다. 뜨거웠다. 다시 가운뎃손가락으로 바닥에 떨어진 촛농도 찔렀다. 따끔거려서 얼굴을 찡그렸다.

"무슨 기분 나쁜 말? 촛농으로 장난치지 말고!"

난 아무 말도 하지 않았다. 티라가 엄마가 미쳤다고 말했다고, 나도 조심하지 않으면 엄마처럼 될 거라고 말했다고 이야기하고 싶지 않았다. 난 아빠를 슬프게 만들고 싶지 않았다. 걱정하게 하고 싶지도 않았다.

"이야기 못 하겠어?"

아빠는 안경테 너머로 나를 보았다. 아빠는 회사에 입고 간 셔츠를 벗고 회색 티셔츠로 갈아입은 상태였다.

"거기서 뭐 하고 있었는데? 토끼 울타리 안에서?"

뭐라고 대답해야 하지? 스탠드 업 코미디 연습을 하고 있었다고? 난 어깨를 으쓱했다. 손가락에 묻은 촛농이 벗겨져 나갔다. 작은 흰색 모자 같았다.

"사샤…… 네가 요즘 뭐 하고 다니는지 도무지 모르겠구나. 머리도 그렇고 책을 안 읽겠다는 것도 그렇고. 네가 그렇게 화를 냈다니! 정말 이대로는 안 되겠어."

"내 머리가 이거랑 무슨 상관인데요?"

"그건…… 그것도 다…… 아빠 네가 정말 잘못되기라도 할까 봐 걱정이야."

나는 눈을 굴렸다.

"눈 돌리지 마! 우린 얘기를 해야 해. 도대체 무슨 생각인지, 왜 그러는지 말을 좀 해 줘. 아빠 말 듣고 있는 거니? 아빠 그런 재킷 때문에 4천 크로나나 낼 수가 없어! 그런 돈은 없다고! 네가…… 네가 고쳐 주려무나."

나는 아빠를 빤히 보았다.

"그러느니 이 칼로 내 다리를 찌르는 편이 나아요!"

난 내 옆에 놓인 칼을 낚아채고 말했지만 나무로 된 버터 바르는 칼이어서 그리 큰 효과는 없을 것 같았다.

아빠는 머리카락을 넘기고 한숨을 쉬더니 접시에 있던 먹다 남은 빵을 한 입 베어 물었다.

우리는 잠시 조용히 앉아 있었다. 나는 식어 버린 수프를 한 스푼 두 스푼 화를 참으며 먹었다.

"네가…… 힘들다는 거 이해해. 그래도 네가 화를 내고…… 무조건 화내는 걸로 대응하고…… 그러지 말고……."

아빠는 적절한 단어를 찾고 있었다.

"슬퍼하지 말고……."

"맞아요. 누군가 나한테 기분 나쁜 짓을 하면 난 화내는 걸로 대응해요. 앞으로는 그러지 말고 그냥 엉엉 울라고 말하는 거예요?"

"아니야. 물론 그건 아니지. 그렇지만…… 티라가 뭐라고 했니?"

"걔가 뭐라고 했는지는 전혀 상관없어요! 티라는 아스푸드 공원의 돼지보다 못한 돼지라고요! 난 이 말밖에는 더 할 말 없어요. 그리고 내가 그 애의 재킷을 고쳐야 한다면 차라리 집을 나가고 말 거예요."

"알겠어. 알겠다고. 네 얘긴 알겠다. 널 믿어. 네가 재킷을 고치지 않도록 해 볼게. 수선집에 맡기면 되겠지. 티라랑 그 애 엄마가 우리더러 새 재킷을 사 내라고 떼를 쓰고 있기는 하지만 말이야."

나는 한숨을 내쉬었다. 티라의 재킷을 고치고 있는 내 모습을 상상하면 모욕감에 죽어 버릴 것 같다.

"그럼 대신에, 우리 다시 아동 정신과에 가자." 아빠가 단호하게 말했다.

"싫어요!"

"아니, 린 선생님 만나서 이야기하는 거야. 네가 화나는 거…… 전부 다."

난 무겁게 한숨을 내쉬었다.

"알겠어요. 린 선생님한테 가자고요. 강요라고 생각하지만 알겠어요."

"한마디만 더 하면 재킷은 네가 고치는 거다."

"어머나, 린 선생님을 만나면 너무 좋을 것 같아요!" 난 기쁜 듯 말했고, 내 목소리는 거의 자연스럽게 들렸다.

화가 나고 비정상인

아동 정신과 대기실에 앉아 있을 때 아빠는 내가 린 선생님에게 내 상태를 있는 그대로 말해 주길 바란다고 했다. 그리고 내가 '밝고, 즐겁고, 정상이고' 같은 단어는 너무 많이 안 썼으면 좋겠다고 했다. 난 일부러 아빠를 보지 않았지만 내 안에서는 마그마가 끓어오르고 있었다. 왜 아빠가 내가 무슨 이야기를 할지 안 할지를 결정하려 해?

오늘 린 선생님은 상어가 그려진 회색 티셔츠를 입고 있었다. 상어는 어마무시하게 무서워 보였다. 수백 개의 날카로운 이빨을 드러내고 있었고 입 한가운데에는 '네가 여기 있었으면 좋겠어.'라고 적혀 있었다.

우리는 선생님 방에 있는 의자에 앉았다. 지난번에 앉았던 그 안락의자에 말이다. 아빠와 선생님도 마찬가지였다. 탁자에는 화장지 한 상자가 놓여 있었다. 마치 선생님이 내가 울 것이라고 계산이라도 한 것 같았다.

"사샤, 기분은 어때?" 선생님이 물었다.

"화가 나고 비정상적이라고 느껴져요." 난 아빠를 째려보며 말했다.

아빠는 헛기침을 했다.

"아…… 저…… 제가 사샤에게 뭐가 힘든지 말하는 게 좋겠다고…… 정상적인 것을 증명하려고 할 필요 없다고, 그런 게 아니라고 말했거든요."

내 안의 무언가가 부글부글 끓었다. 마그마였다. 그 마그마는 방 전체를 폭파시킬 거라고 협박하고 있었다.

"아빠가 오늘 여기로 날 끌고 온 이유가 뭔지 아세요?" 나는 선생님에게 소리쳤다.

아빠는 충격을 받은 듯했다. 선생님은 아니었다. 아마도 익숙하겠지. 아이들이 이곳에서 매일매일 소리를 질러 대곤 했을 테니까.

"사샤!" 아빠가 말했다.

"말해 보렴." 선생님이 차분하게 말했다.

"아빠는 내가 가끔 화를 내는 게 큰일 날 문제라고 생각하는 것 같아요. 아빠는 엄마가 자살했으니까 내가 화를 낼 게 아니라 울어야 한다고 생각해요. 내가 남자아이였다면 그게 문제라고 생각했을까요? 아닐걸요! 그랬다면 완전히 정상적인 반응이라고 생각했겠죠! 오, 죄송해요. 제가 그만 금지어를 사용해 버렸네요!"

나는 내 입에 두 주먹을 넣으며 재갈을 무는 시늉을 했다.

"사샤. 아빠는 그저 네가…… 슬픔을 감추고 있는 게 아닐까 걱정하는 거란다…… 아빠도 남자지만 울잖니."

"아빠는 시도 때도 없이 울잖아요! 전에 〈내 방을 고쳐 줘〉[16]를 보고도 울었잖아요. 아빠가 정상이 아니라고 생각해 본 적은 없어요?"

아빠는 턱을 열었다 닫았다. 무슨 말을 하고 싶지만 참는 것 같았다.

우리는 한동안 조용히 앉아 있었다. 린 선생님은 생각에 잠긴 듯 가만히 있다가 헛기침을 하더니 이렇게 말했다.

"아버님. 잠시만 사샤와 단둘이 이야기했으면 하는데 대기실에서 잠깐 기다려 주시겠어요?"

아빠는 놀란 듯 보였다.

"아…… 네…… 그러죠."

"사샤도 괜찮지?" 선생님이 물었다.

---

16 자신의 방이 마음에 들지 않는 아이들의 방을 고쳐 주는 스웨덴의 건축 설계 리얼리티 프로그램.

"전 아빠가 어딜 가든 상관없어요."

아빠는 일어나 문을 열었다. 그리고 나가기 전에 안경테 너머로 나를 잠시 보고는 조심히 문을 닫았다. 침묵이 이어졌다. 선생님은 자신의 긴 금발 앞머리를 귀 뒤로 넘기더니 이렇게 말했다.

"가끔은 우리끼리 이야기하는 것도 좋은 것 같구나."

나는 아무 말도 하지 않았다.

1. 즐겁고
2. 정상적이고
3. 화가 났고

이 세 가지를 제외하면 무슨 말을 해야 할지 몰랐기 때문이다. 그러면 그냥 조용히 있는 편이 낫다.

"게임을 좀 해 볼래?" 선생님이 물었다.

내가 무슨 말인가 하는 눈으로 보니 선생님은 이렇게 이야기했다.

"이야기를 하는 동안에 게임을 하면 털어놓는 게 좀 쉽게 느껴지기도 하거든. 서로 마주 보고 앉아서 쳐다만 보는 건 좀 어색하다고 생각하는 사람이 많잖아."

선생님은 서랍장 쪽으로 가서 보드게임 상자 몇 가지를 들어 보였다.

"오델로, 피아도 있고, 카드 게임도 있어. 양과 여우 게임도 있고, 뱀파이어 사냥이라는 게임도 있어. 뱀파이어 성에 갇혀서 횃불과 열쇠를 찾아서 성을 빠져 나가야 되는데, 그 사이에 뱀파이어에게 물리면 안 돼. 물리면 죽고 뱀파이어로 되살아나서 다른 게임 멤버를 사냥하게 되는 거지. 엄청 재미있어."

물리면 죽어, 엄청 재미있어!

"이 게임 할까?"

"아니요. 됐어요." 내 목소리는 차갑고 딱딱했다.

"알겠어." 선생님은 다시 안락의자에 앉았다.

우리는 아무 말 없이 앉아 있었다. 1분이 가고, 3분이 지났다. 7분이 흘렀다. 우리 사이에 놓인 탁자 위에는 알람시계가 있었는데 우리는 빨간 초침이 숫자에서 숫자로 경련을 일으키듯 이동하는 것을 보고 있었다. 그동안 내 머릿속 생각들이 멀리 걸어 나갔다. 난 그걸 막고 싶었다. 위험하기 때문이다. 그러면 늘 내가 생각하고 싶지 않은 것들을 떠올리게 된다.

엄마. 갑자기 한 가지 기억이 떠올랐다.

엄마가 부엌에 앉아 있다. 난 그 모습을 지우려 했다. 내 리스트를 생각하려고 했다. 내가 살아남기 위해서 해야 하는 모든 것.

머리카락 다 잘라 버리기, 했고. 살아 있는 것 키우지 말기,

했고. 책 읽지 않기, 했고. 화려한 색깔의 옷만 입기, 했고. 산책
피하기, 숲 피하기, 했고, 했고.

난 내 리스트에 있는 대부분의 항목을 이미 이뤘다는 것을 깨달았다. 완전히 이루지 못한 건 두 가지뿐이었다. 너무 많이 생각하지 않기. 그리고 마지막, 코미디 퀸 되기! 하지만 이건 그리 멀지 않았다.

선생님은 나를 다정한 눈길로 보았다. 선생님의 금빛 앞머리가 다시 눈 위에 내려오자 한쪽으로 넘겼다. 선생님은 발을 조금 까딱거렸다. 그녀의 레드와인색 부츠 끈이 풀려 있었다. 긴 끈이 앞뒤로 움직였다. 난 당장이라도 나가서 그 끈을 묶어 주고 싶은 충동을 느꼈다. 강하게!

"무슨 생각하니?" 선생님이 물었다.

그 질문이 너무 크고, 거대해서 무슨 답을 해야 할지 몰랐다. 바로 조금 전에는 내 리스트를 생각했고, 지금은 이 기억이 나를 다시 꽉 죄는 듯하다. 지워 버리고 싶지만 안 된다.

엄마가 부엌 식탁에 앉아서 그저 앞을 응시하고 있던 그 모습을 기억한다. 엄마가 움직이지 않고 그냥 그렇게 가만히 앉아 있던 모습. 한 번은 엄마가 손에 달걀을 쥐고 껍데기를 벗기고 있었는데 갑자기 움직이지 않더니 완전히 굳어 버렸다. 한 손에는 여전히 달걀을 쥐고 다른 한 손에는 조그마한 흰색 달걀 껍데기를 쥔 채로. 마치 정지 버튼을 눌러 화면이 멈춘 것 같았다. 내가 바로 앞에 앉아 있는데도 엄마는 나를 보지 않았다. 엄마의 눈은 텅 비어 있었다. 아무것도 들어 있지 않았다. 눈이 잘못된 방향을 향하고 있는 것만 같았다. 안으로 말이다.

"모르겠어요. 무슨 말을 할까요? 엄마가 달걀 껍데기를 까던 때가 기억이 났어요." 내가 말했다.

"무슨 생각을 하는지는 아는데, 어떻게 말해야 하는지는 모르겠니?"

"선생님 신발 끈이 풀렸다고 생각했어요." 내가 말했다. 화난 목소리였다.

"그래?" 선생님은 자신의 신발을 내려다봤다.

"그래서 무슨 생각을 했는데?"

"선생님이 걸려서 넘어질 수 있다고 생각했어요. 끈이 에스 컬레이터에 끼일 수 있다고 생각했어요."

"끈을 묶을까?"

"마음대로 하세요. 계단에서 넘어지고 싶을 수도 있죠."

"아니, 그러고 싶지 않아." 선생님은 차분한 어조로 말했다.

선생님은 몸을 굽히더니 한쪽 신발을 끈을 묶고, 나머지 한쪽의 신발 끈을 마저 묶었다. 제대로 단단하게 두 번 묶었다.

"자."

우리는 1분 더 가만히 앉아 있었다. 40분의 상담 시간이 끝나려면 아직 20분이 남아 있었다. 하지만 영원히 끝날 것 같지 않았다.

"평소에도 사람들이 다칠까 봐 무섭니?" 갑자기 선생님이 물었다.

나는 그 질문을 듣고 무척 놀랐다. 내가 대답하는 것을 듣고 더 놀랐다.

"아마도요. 주로 아빠요. 아빠가 담배 피우는 게 싫어요. 가끔 피우세요. 내가 알고 있다는 건 모르지만요. 하지만 모를 거라 생각하는 게 더 말이 안 돼요. 그게 냄새가 얼마나 고약한데요! 길이 미끄러운데 아빠가 자전거를 타는 것도 싫어요. 아빠가 저녁에 밖에 나가서 조깅하는 것도 싫어요."

선생님이 고개를 끄덕였다.

"어쩌면 그게 당연한 것 같아. 정말 안 좋아질 수 있다는 걸 경험해 봐서 알잖니…… 사람은 정말 크게 다칠 수 있고 영원히 사라질 수도 있지."

그 말을 듣자 목에서 덩어리가 느껴졌다. 바보같이 두껍고 무거운 덩어리라서 삼켜 버리는 게 불가능했다. 이윽고 덩어리가 가슴을 짓눌렀다. 눈 뒤로 뜨거운 것이 느껴졌다. 곧 눈물이 흘러내릴 거라고 경고하고 있었다. 그러나 나는 참고 참았다. 몇 번이고 참았다. 혹시라도 눈물이 날까 봐 목을 뒤로 젖혔다. 난 선생님의 바보 같은 화장지를 사용할 생각이 없다. 나는 다시 내 리스트를 생각했다.

머리카락 다 자르기, 했고. 살아 있는 것 키우지 말기, 했고.
책 읽지 않기, 했고⋯⋯.

"이 이야기를 하면 슬퍼지는구나."

"전⋯⋯." 난 화제를 바꾸고 싶어 빨리 말했다.

"그래." 선생님이 말했다.

"무언가를 안 느끼게 하는 방법 같은 거 없나요? 특별한 기술 같은 거?"

난 여전히 머리를 뒤로 젖히고 있었다. 이상하게 보이겠지만 상관없었다.

"어떤 걸 안 느끼고 싶은데?"

"아무거나 다요. 그냥 궁금해서요. 어떤 감정이든지요."

선생님은 고민하는 듯 나를 보았다.

"누군가 내게 찾아와서 증오나 두려움, 죄의식 아니면 슬픔⋯⋯ 이런 걸 없애 버릴 수 없냐고 묻는다면 난 그건 불가능하다고 말할 거야."

난 다시 바로 앉았다.

"뭐라고요? 불가능하다고요? 그럼 사람들을 치료하는 목적이 뭔데요?"

선생님은 살짝 웃었다.

"그런 감정들을 참아 보거나 다루는 방법을 찾아보기 위해서? 그러면 조금은 쉽게 감정을 안고 갈 수 있을 테니까.

"그냥 없애는 방법은 없어요? 완전히 다 없애는 방법이요."

"음, 감정을 마취시킬 수는 있지. 끊임없이 어떤 일에 몰두하는 방법으로 말이야. 밤새도록 컴퓨터 게임을 한다거나 쇼핑을 한다거나…… 어떤 어른들은 술을 엄청나게 마셔서 감정을 마취시키기도 하고. 그런데 난 그게 좋지 않다고 생각해. 힘든 감정들을 마비시켜 버리면 다른 것들도 다 마비되어 버리거든. 좋고 긍정적인 감정들까지 말이야. 어두운 감정들을 못 느끼게 되면 기쁨, 창의력, 호기심, 희망 같은 것들도 같이 못 느끼게 된단다. 이해가 되니?"

"그래도 누군가 선생님한테 와서 더 견딜 수 없어서 그런 감정을 느끼고 싶지 않다고 하면 어떻게 하실 건데요?"

"그러면 어떤 것을 느끼고 싶지 않은지, 왜 그렇게 생각하는지 이야기를 해 보자고 제안하겠지."

"그게…… 도움이 되나요?"

그렇게 물으면서도 난 그게 도움이 될 거라고는 전혀 생각하지 않았다.

"응, 사실은 꽤 도움이 돼."

선생님은 나를 보았고 우리의 눈빛이 마주쳤다. 선생님의 눈은 파란색인데 속눈썹은 검은색이었다. 선생님이 어떻게 생겼는지 전엔 생각해 본 적이 없었다. 그저 그녀의 티셔츠만 눈에 들어왔다. 선생님의 한쪽 뺨에는 네 개의 점이 있었다. 눈 속에

찍힌 토끼 발자국 같은 형상이었다. 점 두 개가 옆으로 나란히 있고 또 다른 두 개의 점이 그 위에 나란히 있었다. 한쪽 귀만 뚫어 은 귀걸이를 하고 있었다.

갑자기 난 내가 한 말들이 선생님에겐 어떻게 들렸을까 생각하며 고쳐 앉았다.

"그러니까 선생님은 제가 그런 걸 궁금해한다고 생각하시는군요. 우리 엄마 때문에 그런 감정을 느끼고 싶어 하지 않는다고요. 그렇게 들릴 수 있다는 건 알겠는데 제가 하고 싶은 말은 제가 그렇다는 게 아니고요. 친구가 궁금해해서요. 그 친구가 물어봤거든요. 그러니까 여기 제가 올 거니깐 대신 물어봐 달라고."

"아, 그래. 알겠어. 그러면 그 친구한테 내가 그러더라고 전해 줘." 선생님이 말했다.

"네, 그럴게요."

우리는 서로를 보고 웃었다. 잘 정리해서 다행이었다. 선생님이 다시 발을 까딱까딱 했다. 이제 어쨌거나 신발 끈은 제대로 묶여 있었다.

틀렸고, 틀렸고, 틀렸어

가끔 나는 엄마를 길에서 보는 것 같아요. 지난주에 어떤 여자를 몇 블록이나 쫓아갔어요. 엄마랑 닮아 보여서요. 그 여자도 엄마와 같은 베이지색 코트를 입고 있었어요. 엄마와 같은 초콜릿 빛깔의 갈색 머리카락을 하고 엄마와 같은 걸음걸이로 바닥에 구두 굽을 디디며 걸었어요. 뭔가 결연한 느낌의 걸음걸이요. 그런데 엄마가 아니었어요. 그 여자가 돌아서서 나와 눈이 마주쳤는데 눈이 틀렸어요. 엄마의 눈이 아니었으니까요. 그녀의 입도 틀렸어요. 엄마의 입이 아니었으니까요. 그녀의 몸도 틀렸어요. 엄마의 몸이 아니었으니까요. 그녀는 제게 뭐라고 말을 했어요. 무슨 일이냐고 물은 것 같아요. 그러나 전 대답하지 않았어요. 목소리가 틀렸으니까요. 나는 가고 싶었지만 그럴 수 없었어요. 아스팔트에 몸이 얼어붙어 버린 것만 같았어요. 그때 그녀가 제게 미소 지었어요. 친절한 미소였어요. 그래도 그건 틀렸어요. 엄마의 미소가 아니었으니까요.

그녀의 모든 게 그저 틀렸고, 틀렸고, 틀렸어요.

새빨간 분노가 내 머릿속에서 폭죽처럼 터져 나왔어요. 그녀를 향한 것도, 엄마를 향한 것도 아닌 저 자신을 향한 것이었어요. 어떻게 내가 그렇게 바보 같을 수가 있을까 하고요. 어떻게 바보같이 그 사람이 엄마라고 생각할 수가 있었을까 하고요. 엄마는 죽었는걸요!

저는 물러섰어요. 몇 발자국 뒷걸음쳤어요. 그리고는 달렸어요. 멈추지 않고 계속 달려 집까지 왔어요.

작은 흑마술

"내가 제대로 이해한 거야?" 멜타가 고민하는 눈으로 나를 보면서 물었다.

난 어깨를 으쓱했다. 난 내가 방금 한 말이 이상하게 들린다는 걸 깨달았다.

우리는 헤겔스텐 거리를 따라 걷고 있었다. 태양이 너무나도 오랜만에 빛을 비추고 있었다. 옅은 청색의 하늘에 계란 노른자 같은 색깔의 해가 떠 있었다. 드디어 4월이 정신을 차린 듯했다. 딱 적당한 4월의 모습으로 5월을 준비한다고나 할까?

난 터무니없이 비싼 티라의 재킷을 담은 봉지를 한 손에 들고 다른 한 손에는 멜타 남동생의 손을 잡고 있었다. 그 밴조 암살자 말이다. 그 애는 멜타와 나 사이에서 걷고 있었다. 다소 지저분한 빨간 오버올 점퍼를 입고 고양이가 그려진 파란 털 모자를 쓰고 있었는데 모자 아래로 금발 곱슬머리가 삐져나왔다. 그들은 꽤 닮았다. 멜타와 남동생 말이다. 내가 그 말을 했을 때 멜타는 아주 모욕을 당한 듯한 표정이었지만 말이다. 멜타는 남동생의 손을 굳이 잡고 싶어 하지 않았다. 그 애의 손은 잼으로 끈적끈적했기 때문이다. 남동생은 그래도 상관없는 것 같았다. 그 애는 우리가 양팔을 잡고 5미터 정도 들어 올릴 때마다 무지하게 좋아하며 행복하게 소리를 질렀다.

"점프!"

멜타는 동생을 봐줘야 하는 게 너무 싫은 눈치였지만 난 상관없었다. 난 그 애가 꽤 귀엽다고 생각한다. 형제가 있다면 좋을 것 같았다. 자기 부모가 어떤지 정확하게 알고 있는 누군가가 있으면 좋을 것 같다. 그리고 같이 이야기를 나눌 수 있는 누군가가 있다면.

내가 여섯 살 생일에 내가 원했던 것은 다음과 같다.

1. 개
2. 개
3. 개
4. 개

5. 개

6. 개

7. 언니나 오빠

8. 여동생이나 남동생

부모님이 언니나 오빠를 만들어 줄 수는 없다는 것을 그때는 미처 깨닫지 못했다.

멜타와 밴조 암살자의 부모님은 이케아에 쇼핑을 하러 가셨다. 밴조 암살자를 데려갈 수는 없었다. 그 애는 거기 갈 때마다 거기에 누군가가 산다고 착각하기 때문이다. 거기에 있는 사람들, 인사하는 사람들이 모두 다 그 거대한 집에 같이 산다고 생각하는 것이다.

지난번에 가족들과 이케아에 갔을 때 그 애는 거기 있는 한 손님에게 숨바꼭질을 할 거라고 말하고는 옷장에 숨어 버렸다. 불행한 점은 그 애가 자신의 부모님에겐 말을 안 했다는 것이다. 덕분에 멜타 부모님과 멜타는 그 애를 찾아 한 시간 반을 헤맸다. 대여섯 명의 이케아 직원들까지 말이다. 멜타의 부모님은 결국 그 애가 유괴되었다고 판단하고 경찰에 신고했다. 멜타의 아빠는 얼마나 많이 울었던지 제대로 서 있지 못할 정도였다고 한다. 결국 그는 한 침대에 누워 '크나벨'이란 베개에 코를 박고 대성통곡을 했다. 그 베개의 이름을 알게 된 건 그

후에 그 베개를 사지 않을 수 없게 되었기 때문이다. 이케아 직원이 멜타의 아빠가 그 베개에 침을 묻히는 바람에 더 이상 팔수가 없게 되었다고 퉁명스럽게 말했다고 한다. 그 베개는 499크로나씩이나 했다. 나중에 멜타의 엄마가 이를 테면 '슬론' 같이 15크로나 정도 하는, 좀 싼 베개에 침을 흘릴 수는 없었냐고 했더니 멜타의 아빠는 자신의 취향이 비싼 건 어쩔 수 없는 거라고 대답했다.

밴조 암살자가 마침내 발견된 건 한 할머니가 옷장을 열었을 때였다. 어린 꼬마가 옷장에서 카펫 위로 굴러 떨어지고는 아무 움직임이 없자 할머니는 소리를 질렀고, 수백 미터 내의 모든 사람이 일제히 동작을 멈추었다. 모두가 얼음처럼 얼어 버린 것이다. "정말 끔찍한 비명 소리였어." 멜타의 엄마가 이야기했다.

밴조 암살자는 그 옷장 안에서 잠이 들어 버렸고, 할머니는 그 애가 죽은 줄 알았던 것이다.

그 애는 비명 소리를 듣고는 깨서 눈을 뜨고 "밥 언제 주꺼에요?"라고 했다고 한다. 밴조 암살자는 항상 배가 고프다.

또 한번 그 애는 이케아에서 세 개의 유아용 변기를 한 줄로 세워 놓고는 각각의 변기에다 조금씩 똥을 쌌다. 그리고는 지나가던 손님에게 자기 엉덩이를 닦아 달라고 부탁했다. 그 손님은 다정하지만 단호하게 싫다고 거절했다. 멜타의 부모님은 그 변기 세 개를 모두 사야만 했다. 그걸 사려고 간 게 아니었지만 말이다. 그리고 밴조 암살자는 뛸 듯이 기뻐했다. "변기! 오늘 너무 쪼와!"

이렇듯 좋은 날에 대한 생각은 사람마다 다르기 마련이다.

멜타는 계속 말했다.

"그러니깐, 네가 거기…… 토끼들한테 개그를 했다고?"

"점프!" 밴조 암살자가 소리쳤다. 너무 행복한 나머지 얼굴이 붉게 달아오른 채.

"어, 새 개그 짠 걸 한번 해 봤지."

"그리고 그때 티라와 마티나가 왔고?"

"어"

"점프!"

"그리고 바보 같은 말을 했고?"

"그래. 걔네가 늘 그러는 것처럼."

"점프!"

"그랬더니 네가 사이코로 돌변해서 엄청난 속도로 티라를 쫓아가서 티라 재킷을 망가뜨렸다고? 터무니없이 비싼, 4천 크로나짜리 재킷을?"

"점프!"

"어, 대충. 하지만 일부러 그런 건 아니야."

"점프!"

"지금 우리가 집중해서 대화를 할 수 있다고 생각해?"

멜타는 멈춰 서서는 남동생을 보고 말했다.

"지금은 점프 안 돼. 나랑 사샤는 중요한 이야기를 해야 해."

멜타가 평소보다 더 빠르게 말했는데도 밴조 암살자는 알아듣는 것 같았다.

"점프 앙대, 누야? 점프 앙대?"

"안 돼. 지금은 안 돼."

"누야, 점프 앙대?"

밴조 암살자는 파랗고 커다란 눈으로 나를 보며 말했다. 그애의 손은 작고 따뜻했다.

"지금은 안 돼." 내가 말했다.

"이해가 안 돼. 일부러 그런 건 아니라고? 네가 화가 난 게?"

"아 그게, 화를 참을 수는 없었지만 그 재킷을 망가뜨리려고 계획한 건 아니었다고. 강아지 한 마리 값쯤 하는 그런 비싼 재킷을 말이야."

강아지. 왜 하필 그런 비유를 한 건진 모르겠지만 나는 그렇게 말했다.

"점프 앙대?"

"티라가 뭐라고 말해서 네가 그렇게까지 화가 났는데?"

난 말하고 싶지 않았다 그 말을 입에 담는 것만으로도 너무 아플 테니까.

그거 유전 아냐? 그러니 너도 네 엄마처럼 미치지 않으려면 조심해.

나는 한숨을 쉬었다.

"상관없어. 그냥 나쁜 말이었어."

"점프 앙대?"

멜타는 모자를 위로 올리고는 나를 걱정스럽게 바라봤다. 우리는 작은 쇼핑센터를 끼고 돌아서 아스푸덴 신발 수선집 쪽으로 걸어갔다. 멜타는 남동생의 손을 놓고 빨간 문을 열었다. 난 짧은 계단을 내려갔는데 내가 막 돌아보았을 때 밴조 암살자가 계단으로 몸을 던지며 소리를 질렀다.

"점프!"

난 가까스로 그 애를 잡아서 바닥에 떨어지는 것을 막을 수 있었다. 대신 내가 그 무게 때문에 넘어졌지만 말이다.

"엄마야!" 멜타가 눈을 굴리며 소리쳤다.

"음마야!" 밴조 암살자가 소리쳤다.

난 조심히 그 애를 바닥에 내려 주었다. 그 애는 호기심에 가득 차서 주변을 살폈다. 계산대 뒤 커다란 나무판에 수많은 열쇠들이 걸려 있었다. 가게 뒤편에는 신발과 가방들이 엄청나게 쌓여 있었다. 가브리엘이라는 남자가 계산대 쪽으로 걸어 왔다. 그의 머리는 회색빛이었고 옆머리는 덥수룩했다. 그는 가죽으로 된 앞치마를 두르고 있었다.

"안녕, 사샤!" 그가 말했다.

그는 나를 알아보았다. 아빠가 바지를 줄이러 이곳에 오곤 했기 때문이다. 아빠의 바지들은 항상 너무 길었다. 우리 신발도 여기서 수선하곤 했다. 가브리엘은 축구를 하러 시리아에서 스웨덴으로 왔다. 그가 어렸을 때는 엄청나게 축구를 잘했다고 아빠가 말했었다.

"안녕하세요, 가브리엘." 나는 봉지에서 재킷을 꺼내 놓으며 말했다.

"사샤, 뭘 도와줄까?"

"이 재킷 좀 수선해 주세요." 나는 그에게 카라 바로 옆에 뜯어진 부분을 보여 주며 말했다.

가브리엘은 목에 끈으로 연결되어 걸려 있는 안경을 끼고는 재킷을 자세히 살펴보았다.

"수선할 수 있겠어." 마침내 그가 말했다.

"얼마나 들까요?"

"200~250크로나." 그가 말했다.

200~250크로나라고? 갑자기 내 안의 활활 타오르는 분노가 깨어났다. 아빠가 나도 절반을 지불해야 한다고 했다. 누군가의 옷을 망가뜨리면 그 결과에 대한 책임을 져야 한다는 것이다. 나는 이제 100~125크로나만큼 더 가난해지는 것이다. 그 빌어먹을 티라 때문에! 난 정말이지 그 애가 싫다.

멜타는 밴조 암살자가 "조금만 보자." 하고 조르는 것들을 다시 제자리에 돌려 두느라 정신이 없었다. 멜타는 밴조 암살자의 손가락을 억지로 비틀어 펴서 그 애가 유난히도 집착을 보이는 똥머리 그림이 그려진 열쇠고리를 빼냈다.

"여기 딸아요?" 밴조 암살자는 가브리엘에게 물으며 계산대 뒤로 들어갔다. 멜타는 그를 밖으로 끌어내기 위해 뒤따라 달려갔다.

가브리엘은 웃기 시작했다.

"아니, 살지는 않고 여기서 일해."

"여기서 일해여?"

"맞아! 그렇다고 하시잖아!"

멜타는 피곤해 보였다. 멜타는 남동생의 손을 잡으려고 안간힘을 썼지만 그 애는 계속 빠져나갔다. 갑자기 전화기가 울렸고 가브리엘은 전화를 받으러 구석으로 갔다. 나는 수선비에 대한 분노로 부글부글 끓어오르던 차에 한 가지 생각을 떠올렸다. 복수 같은 거 말이다.

"멜타, 부두교에서 하는 그런 거 해도 되지?"

"두부? 부두교? 그게 뭐야?"

"흑마술 같은 건데, 희생물에 악령을 불러내고 그러는 거. 종이에 저주 같은 글을 써서 티라의 재킷 안감에 넣어 두는 거지. 종이에다가 '나, 티라는 지옥에 가서 불탈 것이다.'라든지, 아니면 '나, 티라는 평생 동안 매일 바지에 똥을 쌀 것이다.'라고 쓰는 거야."

"나 바지에 똥 딸꺼어." 밴조 암살자가 말하고는 웃었다.

"아니, 그러면 안 돼." 멜타는 꽤 무서운 톤으로 말했다. 밴조 암살자는 아직도 기저귀를 차고 다니는데 멜타는 동생의 기저귀를 가느니 차라리 고수 1킬로그램을 먹는 게 낫겠다고 했다. (멜타는 고수를 엄청 싫어한다.) 밴조 암살자가 이번에는 커다란 카우보이모자를 찾아내서는 자기 털모자 위에 썼다. 멜타는 모자 뺏는 것은 포기한 모양이었다. 그 애의 넘치는 에너지는 도저히 감당이 되지 않았다.

"좋은 생각 아냐?" 내가 물었다.

"글쎄…… 잘 모르겠어. 그게 무슨 의미가 있는데? 티라가 바지에 똥을 싸는 게 네 인생이 나아지는 거랑 무슨 상관이 있냐고?"

"아주 조~금은 나아졌다고 느껴질 것 같은데?"

멜타는 주저하는 듯했다.

"흑마술이 효력은 없을 것 같지만…… 그래도 재미있지 않을까?" 내가 말했다.

"나 똥 딸꺼아! 나 똥 딸꺼아! 나 똥 딸꺼아!"

밴조 암살자가 앞으로 뒤로 행진하며 같은 말을 계속해서 반복했다.

"쉿!! 크게 말하지 마!" 멜타가 말했다.

"쉿!" 멜타의 남동생이 따라했다. 그 애는 계속해서 행진하면서 이번에는 작은 목소리로 말했다.

"나 똥 딸꺼아! 나 똥 딸꺼아! 나 똥 딸꺼아!"

멜타는 제일 아래 계단에 주저앉았다. 완전히 지쳐 보였다.

"쟨 악마에 사로잡힌 게 아닐까?" 멜타는 남동생에게 시선을 던지면서 내게 물었다.

나는 웃었다. 모자가 밴조 암살자의 눈까지 내려와 그 애의 시야를 가렸다.

"밤이 댔다!" 그 애가 소리 질렀다. 밴조 암살자는 벽으로 가더니 곧장 돌아섰다. 그리고 컴퓨터 게임에 나오는 인물처럼 그렇게 다른 방향으로 계속해서 걸어갔다. 그 애는 두 팔을 앞으로 쭉 뻗고 있었다. 몽유병 환자들이 그러는 것처럼.

멜타는 야구 모자를 올리고 이마에 맺힌 땀을 닦았다.

"솔직히 그럴 거면 차라리 종이에다가 '나, 티라는 착한 사람이 되겠습니다.' 뭐 이렇게 쓰는 게 낫지 않아?"

"덜 재미있지만, 맞아…… 그게 더 낫겠지."

어디에 종이 같은 것이 없나 하고 찾는데 계산대 위에 작은 녹색 포스트잇이 붙어 있는 수첩이 놓여 있었다. 그 옆에는 펜도 있었다. 난 수첩에 재빠르게 작은 글씨로 '나, 티라는 착한 사람이 되겠습니다.'라고 적었다. 가브리엘이 통화를 끝내는 소리가 들렸다. 난 펜을 내려놓았다가 다시 마음이 바뀌어 한 줄을 더 적었다. '내가 다음에 발표를 하게 될 때 크게 방귀를 뀌겠습니다.' 작은 복수 정도는 허용해도 되겠지? 난 종이를 찢어서 작은 직사각형으로 접어 안감과 바깥 천 사이 뜯어진 틈 안으로 깊이 밀어 넣었다. 가브리엘이 다시 나왔다.

"사샤, 수요일에 재킷 찾으러 올 수 있니?"

"네, 좋아요." 내가 말했다.

멜타는 가브리엘에게 모자를 돌려주고 우리는 아스부덴 신발 수선집을 나왔다.

"점프?" 우리가 밖으로 나오자 밴조 암살자가 희망에 가득 차서 물었다.

"아, 그래 알겠어. 이제 점프하자." 멜타가 말했다.

그 애는 내가 본 중에 최고로 활짝 웃으며 소리쳤다.

"점프 점프 점프 점프 아!"

우리가 막 멜타네 집 앞에서 헤어지려고 할 때 내가 말했다.

"이제 5일 남았어. 너 올 거지?"

멜타는 돌아서서 나를 뚫어지게 바라보았다. 그리고는 아주 심각하게 말했다.

"사샤, 그런 질문은 교황님 모자가 웃기냐는 질문이랑 똑같은 거야."

"어…… 뭐?"

"교황님의 모자가 웃기냐는 질문이랑 같은 거라고."

"교황님 모자가 어떻게 생겼는지 내가 잘 몰라서……."

"대답은 예스야! 교황님 모자는 웃기지. 우리 엄마는 늘 그렇게 말하거든. 그러니깐 당연히 간다고!"

"아…… 다행이다." 난 안도하며 말했다.

밴조 암살자는 나를 포옹했다. 정확하게 말하자면 두 팔을 내 목에 두르고 발을 끌어당겨 마치 무거운 닻처럼 매달렸다. 멜타는 그 애를 억지로 끌어서 떼어 냈다. 우리는 인사를 나누고 그들은 대문 뒤로 사라졌다.

문이 닫히기 전에 난 밴조 암살자가 이렇게 말하는 것을 들을 수 있었다.

"누야, 내가 앙마에 앉았어?"

"그래! 악마에 사로잡혔다고. 가끔 그런 게 아닌가 싶다고."

"내가 앙마에 앉았다고?"

"악마에 사로잡혔다고 하는 거야."

"내가 앙마에 앉았다고?"

"아니, 그게 아니고."

"누가 앙마에 앉았는데?"

"난 아냐, 어쨌거나."

저녁에 멜타에게서 문자를 하나 받았다.

엄마가 밴조 암살자를 재우려는데 그 애가 갑자기 이렇게 속삭이는 바람에 엄마 얼굴 표정이 어떻게 변했는지 네가 봤어야 하는데!

"나는 악마에 사로잡혔어."

난 웃음을 터뜨렸다. 멜타가 동생이 지겨워지면 내가 데려오고 싶다. 아…… 안 되지.

리스트 2번, 살아 있는 것 키우지 말기.

밴조 암살자는 내가 평생 본 생명체 중에 가장 팔팔하게 살아 있으니까.

코미디 퀸의 데뷔

나는 세 번째로 무대에 나가게 되었다. 너무 긴장한 나머지 속이 매스꺼웠다. 난 아빠와 오씨 삼촌을 슬쩍 보았다. 난 그들을 볼 수 있지만 그들은 나를 볼 수 없다. 난 공연장 뒤쪽 끝 어두운 구석에 숨어서 비딱하게 앉아 있었다. 아빠와 삼촌은 첫째 줄에 앉아 있었다. 의자 위에는 재킷이 걸려 있었다. 아빠는 초록색의 빵빵한 오리털 파카, 삼촌은 검정 가죽 재킷.

　그들의 얼굴은 2번 코미디언이 막 개그를 시작한 무대를 향하고 있었다. 조명등이 무대를 환히 비추고 있었다. 삼촌은 늘 그렇듯 엄청나게 큰 소리로 웃고 맥주를 마시며 발도 이리저리 흔들고 있었다. 아빠도 편안하고 기분이 좋아 보였다. 아빠는 이 무대를 보기 위해서 렌즈를 꼈다. 난 아빠가 안경을 안 끼면 눈 주위에 검정 동그라미가 없는 판다 같아 보이지 않을까 했다. 여기서는 잘 보이지 않았다. 아빠는 내가 여기 있다는 사실을 전혀 모른다. 할머니 집에 있다고 알고 있다. 할머니는 거짓말을 하나도 못 하는데도 삼촌과 둘이서 아빠를 속이는 데 성공했다. 삼촌이 아빠에게 바람 좀 쐬러 나가야 한다고 부추겨서 여기로 데리고 왔다. 이 말은 사실이다. 아빠는 정말 거의 집에만 있으니까.

나도 그 부분은 마음이 안 좋다. 그래도 난 아빠가 나 없이 밖에 있는 것이 싫다. 물론 난 혼자 있을 수 있지만 그러면 아빠가 걱정이 된다.

나와 멜타는 한 시간 전에 이곳에 왔다. 그러나 지금은 나 혼자다. 멜타는 잠시 뭔가를 해야 한다고 나갔다. 그게 뭔지는 모르겠다. 아, 이제는 정말로 멜타가 돌아와야 하는데!

난 다시 핸드폰을 보았다. 3분도 안 남았다. 난 내가 가진 것 중에 제일 좋은 옷을 입었다. 가장 편안한 옷이다. 반쯤 찢어진 옅은 청바지에, 초록색 아디다스 재킷, 그리고 미친 듯이 즐거워하는 새끼 고양이가 그려진 새로 산 티셔츠를 입었다. 내 야심찬 계획은 이 고양이의 커다란 미소가 관객들에게 전염되게 하는 것이다.

난 무대 옆에 앉아 있는 다른 코미디언들을 힐끗 보았다. 나 말고도 여덟 명 정도가 더 있다. 헨릭도 그중 한 명이다. 그래서 마음이 조금 놓인다. 아주 조금. 헨릭은 내게 콜라를 주고 등을 두드리며 격렬한 격려도 해 주고, 무엇보다 좋은 조언도 해 주었다. (관객을 보라, 잠시 뜸을 들여라, 너 자신 말고 네가 말하고자 하는 것에 포커스를 둬라.)

맥박이 200까지 올라간 것 같았다. 다른 코미디언들도 나처럼 떨릴까? 검정 옷을 입은 이십 대 여자는 왔다 갔다 하며 혼잣말을 중얼거리고 계속해서 자기 손바닥에 적어 놓은 무언가를 보았다.

심한 고텐버그 사투리를 쓰는 한 남자는 아주 차분해 보이면서도 병에 든 맥주를 계속해서 마셨다. 그리고 나이가 많아 보이는 남자 한 명과 조금은 방해가 될 정도의 높은 소리로 중얼거렸다. 그는 자신의 차례가 되자 눈을 동그랗게 뜨고 무대를 응시했다. 그의 눈에서 순수한 공포가 느껴졌다. 나도 딱 저렇겠지.

2번 코미디언은 덥수룩한 금발 머리의 리코라는 사람이었다. 그가 펼치는 개그의 모든 부분은 본인의 키가 작다는 것과 관련이 있었다.

"우리 같이 키 작은 사람은 사회에서 무시당해요. 과장이라고 생각할지도 모르지만 사실입니다! 사람들은 항상 우리를 내려다보거든요!"

몇 명이 웃었다. 한 남자는 필사적으로 신음하는 소같이 웃었다. 평소였다면 나도 그의 개그에 웃었을 것이다. 그러나 지금은 그럴 수가 없다. 리코는 자신의 덥수룩한 머리카락을 넘기며 계속했다.

"그걸로 다가 아닙니다. 난 지난주에 시내에서 소매치기를 당했어요. 그것도 HM 매장 한복판에서요! 소매치기요! 내 뒷주머니에서 지갑을 아무렇지 않게 꺼내갔어요. 사람이 어떻게 그렇게 낮은 수준으로 내려올 수 있는지 이해가 되지 않아요! 아니, 말 그대로 어떻게 몸을 그렇게 낮게 숙이고 내려갈 수 있는지 이해가 안 된다고요."

키 작은 남자의 개그가 거의 끝나 가고 있었다. 난 시계를 보았다. 1분 남았다. 60초 말이다! 59초…… 58초…… 멜타는 언제 오는 거야? 난 멜타가 필요한데! 심장이 가슴에서 힘차게 요동쳤다. 난 내 종이를 응시했다. 종이가 떨리고 있었다. 내 손이 떨려서, 내 온몸이 떨려서 말이다. 난 혹시나 하는 상황을 대비해서 종이를 뒷주머니에 넣어 둘 생각이다. 최악의 상황에 완전 머리가 하얘져서 아무것도 기억이 안 날 때를 대비해서 말이다.

리코의 순서가 끝나자 모두가 박수를 쳤다. 누군가가 음악을 틀어 스피커에서 큰 소리로 울려 퍼졌다. 나는 떨리는 손으로 종이를 접어서 주머니에 찔러 넣었다. 난 크게 심호흡을 했다. 코로 들이쉬고, 입으로 내쉬었다. 다시 한 번 더 그렇게 했다.

노래가 뚝 멈추고 야구 모자를 쓰고 나시를 입은 사회자가 다시 무대 위로 올라갔다. 바로 그때 멜타가 계단을 뛰어 내려 왔다. 오씨 삼촌이 고개를 돌려 멜타를 보았고 아빠도 같은 방 향으로 고개를 돌리는 게 보였다. 거의 슬로모션처럼 보였다. 다행히 삼촌이 재빠르게 바닥의 뭔가를 가리키며 아빠의 시선 을 돌렸다. 사회자는 리코에게 인사하고 관객을 돌아보았다. 그리고는 반쯤 고함을 지르기 시작했다.

"리코의 키가 작다고 생각하셨나요? 이번에는 더 작은 코미 디언이 나올 겁니다! 일곱 난쟁이들 중 한 명이냐고요? 아니 요! 버터도 프로싯[17]도 올 수 없었습니다. 아쉽지만요."

관객 중 몇몇이 웃었다. 사회자는 야구 모자를 고쳐 썼다.

"네, 방금 한 농담은 취소해야겠습니다. 저는 인정하건대 다 음 아티스트가 엄청 부럽습니다. 정말로요. 그녀는 아직 용돈 을 받을 수 있을 뿐만 아니라 자기 빨래도 안 해도 되니까요. 다음 코미디언은 바로…… 어린이입니다! 뜨거운 가슴과 열린 품으로 우리 코미카즈 코미디의 최연소 코미디언을 소개합니 다. 이번이 데뷔 무대니까 특별히 뜨거운 박수와 격려로 그녀 를 불러 보겠습니다. 사샤 레인!!!!!"

난 티셔츠에 있는 새끼 고양이들과 똑같이 커다란 미소를 입꼬리에 장착하고 무대로 달려 나갔다. 관객들 옆을 지나서

---

17 백설공주와 일곱 난쟁이 중 난쟁이 둘의 이름.

앞으로 나아가는데 아빠와 눈이 마주쳤다.

아빠는 완전히 충격에 빠진 표정이었다. 입을 쩍 벌리고 있었고 눈은 지금까지 한 번도 본 적 없을 정도로 크게 팽창되었다. 삼촌은 크게 웃으며 아빠의 팔을 끌어당겼다.

나는 폴짝 뛰어 무대 위로 올라갔고 사회자는 내게 땀이 섞인 포옹을 하고는 마이크를 넘겨주었다.

"안녕하세요, 여러분!" 내 목소리가 확성기로 너무 크게 들려서 깜짝 놀랐다.

소처럼 웃던 그 남자의 약한 음매 소리 외에는 완전히 조용했다.

내 머릿속에서는 갖가지 생각들이 충돌하고 있었다. 사회자가 방금 내가 어린이라고 했는데, 예전에 헨릭이 말해 준 걸 할까? 아니면 내 외모를 가지고 먼저 시작할까? 머리 가죽 벗겨진 바비 인형 개그는 토끼들한테 안 먹히긴 했는데, 시간을 벌어야겠어.

"기분 어떠세요?" 내가 질문했다. 내 목소리가 어찌나 떨리던지. 마이크 소리가 너무 크고 공연장 전체에 울려 퍼졌다.

"좋아요!" 몇몇이 크게 대답했고 난 삼촌의 목소리를 바로 분별할 수 있었다. 조명이 너무 강해서 무대 위에서는 관객을 잘 볼 수가 없었다. 막연하게 머리들만 구별할 수 있었다. 얼마나 될까. 50명? 100명? 모르겠다.

몸이 굳어졌다. 생각들은 머리에서 은 화살처럼 날아다니고 심장은 격렬하게 뛰었다. 귓가에 심장 뛰는 소리가 들리는 것 같았다. 양손은 땀으로 범벅이 되었다. 피가 몸 밖으로 빠져나가는 것 같았다.

예전에 우리 가족이 차를 타고 가던 때가 떠올랐다. 칠흑같이 어두운 밤이었다. 길에는 가로등조차 없었다. 가장 어두운 숲을 지나는데 갑자기 사슴이 길 위에 서 있는 것이 보였다. 아빠는 급정거를 했고 엄마는 소리를 질렀다. 사슴은 움직이려 하지 않았다. "비켜!" 나는 차가 무서운 속도로 가까이 미끄러지는 동안 고함을 질렀고 우리는 그 움직이지 않는 동물의 불과 몇 센티미터 앞에서 가까스로 멈췄다. 난 공포에 질린 사슴의 커다란 눈 안을 들여다보았다. 사슴은 마치 자동차 헤드라이트에 최면이라도 걸린 것 같았다. 지금 내가 그렇다. 무대 조명에 최면이 걸려 공포에 질린 사슴 같았다. 관자놀이의 맥박이 느껴졌다. 이제 죽는 것인가?

그런데 바로 그때 갑자기 소리가 들렸다. 누군가 휘파람을 크게 불었다. 멜타였다! 멜타는 입안에 손가락 두 개를 넣고 지금까지 들어 본 중에 가장 큰 휘파람 소리를 냈다.

그리고 크게 외쳤다.

"아자, 사샤!"

그제야 난 정신이 들었다. 사슴이 마지막으로 했던 것처럼 나도 관객을 빤히 바라보았다. 내 머리 스타일에 대한 이야기는 빼기로 했다. 게다가 지금 내 머리는 거의 정상적으로 보인다. 나는 미소 지었다.

"여러분 제가 이 무대를 위해 아주 멀리서 왔습니다. 네! 고텐버그에서 날아왔어요." 난 짧게 쉬고 계속했다. "아이고, 내 팔들이 얼마나 피곤한지요!"

몇몇의 기분 좋은 웃음 소리가 들렸다. 삼촌의 웃음 소리가 제일 컸다.

"어제 제가 제일 좋아하는 음식을 먹었어요. 대부분의 아이들은 팬케이크를 제일 좋아하는데, 저는 아니에요. 저는 쌀과 케첩을 제일 좋아해요. 정말 좋아요, 추천할 수 있어요! 쌀은 배고플 때 진짜 좋은데 2천 개도 먹을 수 있거든요!"

더 많은 사람들이 웃었다. 꽤 크게 웃었다. 소 소리를 내는 그 남자도 행복하게 음매 하고 웃었다.

"조금 전에 거짓말했어요. 죄송해요. 이곳에 날아오지 않았어요, 사실은 지하철을 타고 왔어요. 메드보리아플랏센 역에서 내려서 올라오려는데 여러분도 아시죠? 그 곰의 정원 쪽으로 나오는데 거기 에스컬레이터 앞에 붙은 주황색 종이에 이렇게 쓰여 있는 거예요. '에스컬레이터 고장. 수리 예정.' 그런데 사실 에스컬레이터는 고장일 수가 없거든요. 혹시 생각해 보셨어요? 에스컬레이터는 멈추면 그냥…… 계단이 되잖아요! 그러니까 종이에다가 이렇게 쓰는 게 맞지 않겠어요? '에스컬레이터, 일시적으로 계단으로 전환.'"

더 많은 웃음이 터졌다, 더 큰 웃음이었다! 난 더 용기가 났다. 무대 앞으로 몇 발자국 더 나갔다.

"제가 여기 오르기 바로 전에 콜라를 마셨는데요."

갑자기 헨릭의 조언이 떠올랐다.

임팩트를 위해 잠시 뜸을 들여라.

"콜라에 누가 라임을 띄웠더라고요. 아주 좋은 일이었지요. 안 그래요? 다음에 보트를 탈 때 혹 보트가 가라앉으면 라임만 붙잡으면 되지 않겠어요?"

관객들은 빵 터졌다. 커다란 웃음소리가 크게 울려 퍼졌다. 웃음소리는 몇 초 동안이나 계속되었다. 많은 사람이 오랫동안 웃었다. 소 웃음소리를 내는 남자는 특히 오래 웃었다.

"아, 타이타닉에 있던 사람들이 그걸 알았더라면 어땠을까 생각해 보시라고요!"

또 더 많이 웃었다. 그리고 난 아빠의 웃음소리를 들었다. 아빠의 따뜻하고 유쾌한 웃음소리! 난 아빠를 바라보았다. 이제는 무대 조명에 적응이 되어 아빠의 얼굴이 선명하게 보였다. 아빠는 얼굴 전체로 웃고 있었다. 모든 근심 걱정의 주름살은 사라지고 웃음의 주름살만이 남았다.

"이 다음에 제가 구명조끼 없이 수상스키를 타러 간다고 생각해 보세요. 아빠가 제게 다가와서는······ 아······ 우리 아빠는 여기 아래에 앉아 계세요.” 난 아빠를 가리키며 말했다.

모두의 시선이 아빠를 향했다. 누군가는 아빠의 어깨를 두드렸다. 삼촌은 아빠의 뺨을 꼬집었다. 아빠는 뿌듯하고 행복해 보였다. 아빠는 조명보다도 강하게 빛나고 있었다. 난 계속 말했다.

“어쨌든 아빠가 제게 소리를 질렀어요. ‘사샤, 너 뭐 하는 거야?’ 그러면 저는 재치 있게 수영복에 숨겨 두었던 라임을 꺼내는 거죠!”

이후로 난 도넛 개그, 폴로 스웨터 개그, 벽을 두드린 이웃집 개그를 더 했다.

사람들은 아주 오래, 크게 웃었고 그게 전염되어서 나도 웃기 시작했다. 내가 웃음을 그치지 못하자 사람들이 더 많이 웃었다. 자기 개그에 웃으면 안 되지만, 어쨌든 그렇게 되었다. 작은 행복의 거품들이 내 안으로 돌진해 왔다. 난 아무것도 두렵지 않았다. 세상에서 내가 제일인 것만 같았다.

꿈만 같았다. 관객들이 박수를 쳤다. 박수를 어찌나 크게 치던지 천장이 떠나갈 것 같았다. 사람들이 기립박수를 쳤다. 한명 또 한명. 난 크게 웃고 바닥에 닿을 듯이 깊이 머리를 숙여 인사했다. 누군가 크고 날카롭게 휘파람을 불었고 누군가는 소리를 질렀다. 난 멜타가 “사샤! 사샤! 사샤!”라고 외치는 소리도 들었다. 멜타가 자리에서 폴짝폴짝 뛰고 있어서 금색 곱슬머리가 어깨 위에서 찰랑였다. 안경 없이 맨눈을 하고 있는 아빠와, 딱딱한 엘비스 머리를 하고 있는 삼촌도 보였다. 사람들이 어찌나 박수를 세게 치던지 손바닥이 아플 거라 생각했다. 사회자가 무대 위로 올라와 야구 모자를 벗더니 소리를 질렀다.

"사샤 레인에게 경의를 표합니다! 오늘 우리는 새로운 스타의 탄생을 보았습니다!"

나는 무대에서 내려가지 않고, 날아올랐다. 무대 가장자리에서 껑충 뛰어 아빠의 품으로 안겼다. 내가 더 어렸을 때 수영장에서 그렇게 했듯이. 아빠는 나를 받아 안고는 예전에 그랬던 것처럼 나를 빙빙 돌렸다. 헨릭이 우리 옆으로 비집고 들어와서 내 등을 두들겼다. "정말 잘했어! 정말 너무 잘했어!"

멜타는 내가 스웨덴에서 제일 웃기다고 말했다. 굉장히 과장인 것을 알지만 그래도 난 그 애가 그렇게 말해 줘서 너무 좋았다. 그리고 멜타는 내게 열쇠고리에 달 수 있는 작은 동물 인형을 선물로 주었다. 쿠키도우보다 더 부드러운 털을 가진 흰 강아지 인형이었다. 오씨 삼촌은 부산스럽게 두 발을 왔다 갔다 하면서 이야기했다. 감탄하다가 기절하는 줄 알았다며, 웃다가 죽는 줄 알았다며, 자랑스러워서 의자에서 떨어지는 줄 알았다며 오두방정을 떨었다. 그리고 선물을 깜빡했지만 오래전부터 자신의 전자 기타 중 하나를 줄 생각을 하고 있었다고 했다. 삼촌 집에 다섯 개나 있지 않은가? 삼촌의 그 말이 진심인지, 아니면 지금 너무 흥분해서 그러는지 알 수 없었지만 난 상관없었다.

마침내 아빠는 나를 바닥에 내려놓았다. 아빠는 머리를 흔들며 말했다.

"도대체 어떻게 된 일이냐? 언제……? 어떻게……?"

난 아무 말 없이 그저 웃었다.

리스트 7번, 코미디 퀸 되기. 성공!

눈물

난 길을 걷고 있었다. 차가운 바람이 얼굴을 때렸다. 진짜 뺨을 때리는 것 같았다. 바람은 30초 정도 지속되었다. 숨을 들이쉬고 내쉬고, 들이쉬고 내쉬고. 그러자 내 안의 기쁨이 흘러내리는 것 같았다. 그러다 갑자기 사라졌다. 그냥 그렇게. 디멘터가 내 앞에 미끄러져 내려와 내게 키스하고 내 몸 안의 모든 삶의 기쁨을 빨아먹어 버린 것만 같았다. 그리고 세상의 그 어떤 초콜릿도 아무런 도움이 되지 않을 것 같다.

내가 원하는 것을 얻었는데, 그럼 이젠? 이젠 어떡하지? 나는 사람들을 3분 동안 웃겼고 아빠와 멜타와 삼촌과 헨릭을 웃겼는데, 그리고 내 리스트에 있는 모든 것을 다 해냈는데. 일곱 가지 다 말이다. 리스트 5번, 너무 많이 생각하지 않기는 글쎄,

잘 모르겠지만. 그런데 본질적으로는 아무것도 바뀌지 않았다. 엄마가 다시 살아난 것도 아니다. 바보같이 그럴 거라고 생각했었던 건가?

아무런 준비 없이 갑자기 눈물이 솟아올랐다. 그 눈물이 순식간에 모든 것을 흐린 안개로 만들어 버렸다. 슬픔이 나를 짓눌렀다. 내가 뭔가에 걸려 넘어진 것인지 분간이 되지 않았지만 난 어느새 똑바로 길게 놓인 보도블록에 누워서 울고 있었다. 온몸이 흔들릴 정도로 울었다. 눈물을 다시 집어넣는 건 불가능했다. 너무나도 많은 눈물이 너무나도 빠르게 흘렀기 때문이다.

문이 열리고 아빠와 삼촌, 멜타가 헨릭과 러벤이라는 여자가 얼마나 웃겼는지, 그래도 내가 최고였다고 말하며 걸어 나왔다. 그들은 무슨 일인지 감을 잡지 못했다. 내가 거기 그렇게 누워서 뭔가 웃기는 장난을 친다고 생각했다. 아빠는 웃으며 옷이 다 더러워지겠다고 말했고 삼촌은 나를 일으켜 주겠다고 했지만 난 거부했다. 내 몸이 콘크리트로 만들어진 것 같았다. 가장 추하고 무겁고 회색인 콘크리트로 만들어져 다시는 일어날 수 없을 것만 같았다.

영원히 당신을 사랑해요

"싫어요, 아빠 옆에 안 앉을 거예요. 오씨 삼촌 옆에 앉을 거예요." 나는 그렇게 말했다.

아빠. 검정 정장에 흰색 와이셔츠에 흰색 넥타이. 흰색 넥타이. 가까운 사람이 죽으면 매는 것. 완전히 넋이 나간 듯한, 까마득하게 길을 잃고 다시는 집을 찾아올 수 없을 것 같은 아빠의 시선.

나. 한 번도 빨지 않은 빳빳한 새 옷. 검정 블라우스. 누가 블라우스 같은 걸 가지고 있을까? 난 아니다. 그렇지만 그때는 입었다. 엄마의 장례식에 검정 블라우스를 입었다. 엄마의 차가운 몸이 꽃으로 장식된 관에 누워 있었을 때 난 검정 블라우스를 입고 있었다.

꽃을 장식했다고 목사님이 말했다. 그러나 관 뚜껑 위에 장식된 꽃들은 몇 시간 후면 엄마처럼 죽을 것이다. 기껏해야 며칠. 똑같이 생명이 없는 것이다. 꽃잎마다 색이 바래고 시들고 떨어져 버릴 것이다. 장미가 지금 얼마나 아름다운지는 중요하지 않았다. 엄마가 한때 얼마나 아름다웠는지는 중요하지 않았다. 그 긴 갈색 머리. 길고 가는 손가락. 바다 같은 초록색의 눈. 사람들은 바다가 파랗다고 생각하지만 내 바다는 아니다. 내가 가 본 바다는 아니다. 엄마는 저 안에 누워 있다. 좁은 나무 상자에 갇혀 있다. 그리고 나는 밖에 있다. 교회 안에.

교회의 천장은 몇 미터는 되어 보였다. 끝이 보이지 않는 긴 벽에 창문에 창문이 계속되었다. 난 창문 개수를 세어 보려고 했지만 계속 잊어버리고 말았다. 열일곱, 아니 스물, 아니 스물셋. 밖에 서 있는 나무에 달린 몇 안 되는 잎들이 떨고 있었다. 관 뒤로 나무로 된 십자가가 벽에 걸려 있었다. 교회는 아주 컸다. 넓고 높고 길었다. 그럼에도 나는 관 안에 누워 있는 엄마처럼 갇혀 있는 것 같았다.

그곳의 모든 사람들. 난 숨을 쉴 수가 없었다. 그들을 볼 수 없었다. 난 거부했다. 한 번도 만난 적이 없는 많은 사람들. 저 사람들은 엄마를 아는 건가? 엄마가 누구였는지 아는 건가? 엄마가 읽던 책 가장자리를 작게 접어 놓는다는 걸 알까? 얇고 떨리는 글씨체로 연필로 메모를 한다는 건? 나는 이해 못 하는 단어들에 느낌표를 하고 밑줄을 친다는 건? 그 사람들은 엄마가 특정한 종류의 차만 마셔서 우리가 그 차를 사러 웨스테르맘까지 가야 한다는 건 알까? 그 차 이름이 윌리엄 경이라는 건? 그 사람들은 엄마가 매일 밤 나를 침대에서 재우면서 동물 인형들을 가지고 재미있는 무대를 만들어 주었다는 건 알까? 커닌첸이라는 토끼는 너무 피곤해서 눈 위로 축 처진 귀를 하고 앉아 있고, 곰 베리는 여우원숭이 레미에게 뽀뽀를 하고 기뻐서 꼬리를 마구 흔든다. 이름 한번 거창한 개 사이두 케이돈은 자신의 배 위에 있는 새끼 세 마리를 사랑스럽게 바라보며 누워 있다. 그들은 알까? 엄마를 조금이라도 알까? 저 사람들이 저기서 뭘 하고 있는 건가? 저들은 자격이 없다.

외할머니와 외할아버지는 우리 뒤에 앉아 계셨다. 그분들은 독일의 하노버에서 오셨다. 외할머니는 치매가 심해 누가 죽었는지도 몰랐다. 외할아버지는 그저 조용히 앉아 있었다. 난 그들을 알지 못한다. 같이 이야기를 하고 싶지도 않다. 엄마도 그들과 말하지 않았었는데 내가 왜? 그래도 난 외할머니가 부러웠다. 나도 잊어버리고 싶다. 망각의 강에 빠지고 싶다. 망각의 강물이 내 머릿속에 들어와 모든 기억을, 고통과 슬픔을 다 씻어 냈으면 좋겠다.

난 삼촌은 울지 않을 거라 생각해서 삼촌 옆에 앉았다. 아빠는 막지 않았다. 삼촌이 무릎 너머로 내 손을 잡고 있었다. 문신이 새겨진 삼촌의 큰 주먹이 포개진 우리의 손 위에 올라왔다. 삼촌은 정장에 흰 와이셔츠를 입었다. 평소라면 절대 입지 않을 차림이었다. 나도 삼촌이 이런 옷이 필요 없기를 바랐다. 합창단이 노래를 불렀다. 서로 한올 한올 엮인 듯한 밝은 목소리가 울려 퍼졌다. 오르골 소리도 웅장했다. 사람들은 울었다. 코를 훌쩍이고 코를 풀었다. 조금 조용히 울 수 없을까? 사람들은 울음이 다 자기들 것인 양 울었다. 공기도 다 마셔 버려서 내게 남은 공기도 없어져 버린 것 같았다.

목사님은 엄마에 대해 이야기했다. 엄마의 이름을 말하고 또 말하고 또 말했다. 사비네. 사비네. 사비네. 엄마가 어땠는지 말했다. 엄마의 책에 대한 사랑, 자연에 대한 사랑. 아빠와 나에 대한 사랑. 그런데 목사님은 엄마에 대해 사실은 아무것도 모른다. 우리가 다 말해 준 것일 뿐이다. 거의 아빠가 말해 준 것뿐이다. 난 누군가가 목사님의 말이 참 아름다웠다고 속삭이는 걸 들었다. 목사님이 아름답게 말했다고. 난 이해가 되지 않았다. 엄마가 죽었는데, 엄마가 자살을 했는데. 그 사실 위에 그 모든 아름다운 말들을 장식하는 건 광채가 나는 진주를 고장난 우산 위에 대고 테이프로 꽁꽁 싸매는 것과 같다. 아무 소용이 없는 것이다. 아무리 많은 진주를 가져온들, 반짝이는 장식을 붙인들, 고장 난 건 고장 난 것일 뿐이다. 절대로 완전해질 수 없다.

관 앞으로 나갈 차례가 되었다. 내가 너무나도 두려워했던 순간이다. 우리는 일어났다. 아빠와 내가 제일 먼저 앞으로 나갈 것이다. 관 안에 넣을 빨간 장미 한 송이를 받았다. 꽃집의 누군가가 장미의 가시를 다 제거했다. 그러나 가시 하나를 미처 못 봤나 보다. 녹색 잎 바로 밑에 날카로운 가시 하나가 남아 있었다. 난 가운뎃손가락을 그 가시에 대고 눌렀다. 피부에 구멍이 뚫려 피가 나올 때까지 눌렀다. 아빠가 내 손을 잡았다. 아빠는 걷지를 못했다. 아빠는 비틀거렸다. 삼촌이 서둘러 아빠의 옆으로 와서 구루병이 있는 작은 식물을 받치는 막대기처럼 아빠를 받쳤다. 아빠의 목구멍에서 소리가 흘러나왔다. 다시는 듣고 싶지 않은 소리였다. 전혀 남자답지 않았다.

관 앞으로 나갔을 때, 누군가가 울음소리 볼륨을 높이기라도 한 것 같았다. 난 사람들을 보았다. 그들의 얼굴은 슬픔에 잠겨 있는 것 같았다. 난 관에 팔을 뻗었다. 그러나 그때 무엇인가 나를 완전히 멈추게 했다. 팔 전체가 굳어 버렸다. 그냥 그렇게 되어 버렸다. 난 꽃을 두고 싶지 않았다. 엄마에게 꽃을 주고 싶지 않았다. 나를 떠난 사람. 나를 영원히 떠나 버린 사람.

작별 인사도 하고 싶지 않았다. 난 한 걸음 뒤로 물러섰다. 모두가 나를 보았다. 조용해졌다. 유일한 소리는 아빠한테서 났다. 울부짖는 울음소리였다. 난 사람들을 보았다. 모두의 얼굴을 보았다. 그들의 눈이 커졌다. 내 배 안에서 뭔가 어둡고 무거운 것이 부풀어 오르며 으르렁거렸다. 마치 천둥 같았다. 난 한 발짝 한 발짝 더 뒷걸음쳤다. 난 그 길로 그대로 벽을 통과해 사라지고 싶었다. 지진이 난 것처럼 온몸에 소스라침이 일었다. 난 오르간 소리를 들었지만 너무 멀어졌다. 소리가 이상하게 약하게 들렸다. 바다 밑바닥에서 연주되고 있는 것 같았다.

그때 누군가가 내게 다가왔다. 검정 엘비스 머리를 하고 손 전체에 문신을 한 사람이 다가와 내 팔을 조심히 잡았다. 그리고 딱딱하게 굳어진 내 팔을 쓰다듬었다. 그러자 내 팔은 스파게티처럼, 젤리처럼 부드러워졌다. 동시에 삼촌은 나를 잡고 조금씩 조금씩 나를 밀었다. 우리는 함께 관 앞에까지 갔다. 나는 팔을 뻗었다. 아빠가 산 아름다운 장미. 아빠와 내가 엄마에게 주려고 고른 장미. 나는 다시 주저했다.

"빨간 장미의 꽃말이 뭔지 알아?" 오씨 삼촌이 내 귀에 속삭였다. 난 알고 있었지만 고개를 가로저었다.

"'당신을 사랑해요.'야. 네가 엄마를 사랑하는 거 알지?"

그렇게 가까이서 속삭이자 뺨이 간지러웠다.

"장미 세 송이의 의미는 뭔지 알아?" 삼촌이 관 안에서 내 쪽을 향해 마이크처럼 서 있는 세 송이의 붉은 장미를 가리키며 물었다.

"세 배로 사랑해요?" 나는 아무도 못 듣도록 아주 작게 속삭였다.

"'영원히 당신을 사랑해요.'야. 그리고 '당신을 다시 보고 싶어요.'란 의미도 있어. 나중에 엄마를 다시 만날 거잖아."

나는 천국을 믿지 않았지만, 저 세 송이 장미가 엄마는 아니지만, 내가 부서져 버린 것 같았지만, 그럼에도 아주 작은 빛이 느껴졌다. 칠흑 같은 어둠 속에서 뇌우가 치는 하늘에 전혀 예기치 못하게 금이 가더니 바늘같이 얇고 푸른 빛줄기가 보이는 것 같았다. 엄마가 하늘에서 내게 말하는 것만 같았다.

"이제 장미를 놔두렴." 삼촌이 말했다.

나는 장미를 놓았고 그 순간, 삼촌 품으로 쓰러졌다. 그 다음은 기억하지 못한다.

다스 베이더의 비밀

아빠와 나는 스탠드 업 데뷔 후 한 주를 집에서 보냈다. 아빠는 회사에 가지 않았고 나는 학교에 가지 않았다. 내가 열두 살이 되었기 때문에 아빠는 이제 더 이상 바바[18]를 쓸 수 없지만 아빠는 회사 상사에게 전화해 설명했다. 어쩔 수 없는 상황이라고. 난 아빠가 '내 아내의 자살'이라는 말까지 하는 걸 들었다. 아빠가 그 말을 하는 것을 전에는 한 번도 들은 적이 없다.

눈물 꼭지가 한번 풀어지니 이젠 폭포가 되어 쏟아졌다. 아니, 폭포는 아니다. 이젠 조금 덜하다. 그래도 크레인 두 대로 퍼붓는 것처럼 거의 아무 때나 흘러내린다. 어느 날 아침에는

---

18 아픈 자녀를 돌보기 위해 내는 휴가.

울다가 깨어나기도 했다. 자면서 울 수 있는지 몰랐다. 우는 것을 좋아한다고는 말할 수 없지만 뭔가가 조금 떨어져 나가는 기분이다. 목 안의 덩어리도 점점 작아지고 점점 침을 삼키는 게, 숨을 쉬는 게 쉬워진다. 배 안의 구멍이 예전만큼 크고 어둡지 않은 것 같다.

우리는 엄마에 대해, 일어난 모든 일에 대해 이야기해 보려 했다. 잘되진 않았지만 아마도 익숙하지 않아서일 거다. 그래도 아빠는 포옹하고 눈물을 닦는 건 잘한다. 요즘 아빠는 《아이와 슬픔에 대하여》라는 책을 읽고 있지만 내가 안 본다고 생각할 때만 몰래 꺼내서 읽는다. 그런 다음에는 서랍 안에 있는 자전거 잡지 아래에 숨겨 둔다. 가끔 아빠가 책에 있는 문장을 그대로 인용하는 것 같다. 이런 식으로 말이다. "난 우리가 어떻게 느끼는지를 말하는 것이 중요하다고 생각해." 아니면, "엄마에 대해 궁금한 것 없어? 우울증이나, 자살에 관해서라든지 아빠가 대답해 줄 수 있는 거라면 뭐든 물어봐." 또는, "엄마에 대해 네가 느끼는 것, 생각하는 것을 편지로 적어 볼래?"

아빠가 노력하는 것은 좋지만 이러는 건 아빠 같지 않다. 약간 부자연스럽다. 그러던 어느 날 저녁, 아빠에게 머리를 기대고 소파에 앉아 해달에 대한 자연 다큐멘터리를 보고 있는데 (귀여운 장면이 나와서 크게 웃었다. 해달들은 서로 떨어지지 않도록 자는 동안 발을 잡고 잔단다.) 아빠가 갑자기 말했다.

"어제 자면서 잠꼬대를 했어."

"내가요?"

난 놀랐다. 어렸을 때는 가끔 그런다는 이야기를 들었지만 그건 몇 년 전의 일이다.

"응⋯⋯ 네가 무슨 말을 했는데 궁금해져서⋯⋯ '리스트'에 대해서 이야기를 했는데. 여러 번 그 말을 하더라고. 사샤, 그 리스트가 뭐야?"

난 굳어 버렸다. 리스트.

"다른 말은 더 안 했어요?"

자연스럽게 말하려 했지만 긴장된 목소리가 나오는 것이 느껴졌다.

"잘 이해가 되지 않는 것들이었는데⋯⋯ 책에 대한 거⋯⋯ 숲에 대한 거⋯⋯ '숲 안 돼.'라고 했던가?"

"숲 피하기요." 난 생각도 않고 말해 버렸다.

"맞아, 그래! 숲 피하기. 그게 뭐니?"

텔레비전 소리가 들려왔다. 해달에 대해 이야기하는 성우의 목소리였다. 해달들은 조개와 성게를 먹으려고 껍데기를 열 때 그것을 자기 가슴 위에 올려놓고 껍데기가 깨질 때까지 돌로 친다는 것.

그때 나는 일어났다. 내 방으로 들어가 다스 베이더 알람시계를 가지고 와서 거실 탁자 위에 올려놓았다. 바로 아빠 앞에.

아빠는 어리둥절해했다.

"어……."

"배터리 뚜껑을 열어 보세요!"

"그래," 아빠의 이마에 주름이 졌다. 아빠는 다스 베이더의 등 위에 달린 검정 플라스틱 뚜껑과 잠시 씨름하더니 마침내 그것을 열고 나를 올려다봤다.

"그 종이를 꺼내 보세요."

아빠는 다스 베이더의 어두운 내면에 여러 주 동안 갇혀 있는 동안 쭈글쭈글해진 종이를 꺼냈다.

"펼쳐서 읽으세요."

아빠는 종이를 펼치고는 한동안 종이를 보았다. 난 아빠의 눈이 종이를 훑는 것을 보았다. 내 가슴이 심하게 요동쳐서 난 목 높은 곳에서 숨을 쉬었다. 내 발은 오씨 삼촌처럼 분주하게 움직였다. 얼마나 지났을까? 아빠가 마침내 나를 보았다. 시간이 멈춘 것만 같았다. 아빠가 뭐라고 할까?

아빠는 헛기침을 하고 말했다. "아무리 읽어 보려고 해도 글자가 너무 작아서 아무것도 안 보여!"

순간 난 화가 났지만 곧 웃어 버렸다. 이렇게 긴장된 분위기에서 무슨 글인지를 못 읽었다니! 아빠는 어색한 미소를 지었다.

난 소파에 앉아 아빠에게서 종이를 빼앗아 내가 살아남기 위해, 엄마처럼 되지 않기 위해 해야 하는 모든 것들에 대해 소리 내어 읽었다. 머리카락 다 잘라 버리기, 살아 있는 것 키우지 말기, 책 읽지 않기, 밝고 화려한 색깔의 옷만 입기, 너무 많이 생각하지 않기, 산책 피하기, 숲 피하기, 코미디 퀸 되기.

다 읽고 아빠를 보았다. 아빠는 너무나도 불행해 보였다. 두 눈은 초점을 잃고, 눈썹 사이로 깊은 주름이 그어졌다.

"사랑하는 사샤, 너는 살아남을 거야. 아니 살아남는 게 아니라 살 거야! 아빠는 알아, 직접 봤잖아. 엄마한테 무겁고 힘든 면들이 있었어도 또 아주 멋지고 아름다운 면들도 많았잖아. 아빤 그런 면을 너한테서도 볼 수 있어. 엄마의 그런 면을 너한테서도 볼 수 있다고."

"난 싫어요! 엄마처럼 되기 싫어요!"

"너는 엄마 같지 않아. 너는 너일 뿐이야. 그리고 아빠를 닮은 점도 있잖아. 엄마를 닮은 점도 있지만."

"난 싫다고요. 엄마는 아팠잖아요. 엄마는 우울했잖아요."

"맞아. 그래도 늘 그런 건 아니었어. 엄마의 모든 부분을 다 나쁜 거라고 부정할 순 없는 거야. 그럴 순 없어."

이번엔 아빠가 일어났다. 아빠는 텔레비전 아래 서랍으로 가서 쪼그리고 앉았다. 그리고 텔레비전에서 두 마리의 거대한 해달이 손을 맞잡고 등으로 미끄러지며 수평선을 향해 나가는 동안 서랍을 열어 뭔가를 꺼냈다. 서류철이 된 커다란 빨간 책이었다. 내 어릴 적 사진 앨범이었다. 아빠는 그걸 탁자 위로 가져와서는 다시 내 옆에 앉아 첫 장을 펼쳤다. 엄마 뱃속에 있을 때의 내 엑스레이 사진이었다.

"엄마와 아기는 뱃속에서 서로 세포를 교환한다는 거 알아? 왜 그런 일이 발생하는지 우리는 모르지만 임신 중 어떤 시점에 세포를 바꾼다고 해. 멋지지 않니?"

사진 아래에는 아빠의 손글씨로 '우리의 사랑 18주'라고 쓰여 있었다. 다음 장에는 내가 엄마 품에 안겨 있었다. 나는 짧은 갈색 머리를 하고, 희고 파란 바탕에 코끼리가 그려진 옷을 입고 있었다. 난 세 살이었고 엄마는 웃으며 나에게 젖병에 담긴 우유를 먹이고 있었다. 우리는 서로를 바라보고 있었다. 이 사진의 아래에는 '엄마는 널 하늘만큼 땅만큼 사랑해.'라고 엄마가 직접 쓴 독일어 문장이 있었다. 엄만 항상 내게 말했었다. 하늘만큼 땅만큼 나를 사랑한다고. 가슴이 날카로운 것으로 찔리는 것 같았다. 나는 그 말을 잊고 있었다.

우리는 앨범을 넘겼다. 우리 가족의 사진들이었다. 엄마가 침대에 누워 내게 책을 읽어 주고 있었다. 난 여전히 아기였고 매우 포동포동했다. 엄마와 나는 머리를 맞대고 있었는데 둘 다 완전히 똑같은 초콜릿 빛깔의 갈색 머리카락을 갖고 있었다. 다섯 살 때쯤 내가 자전거를 배울 때 아빠가 내 뒤에서 달려오고 있는 사진도 있었다. 사진 속 우리 둘의 표정이 신기하리만큼 똑같았다. 무섭지만 동시에 흥분한 그런 표정이었다. 샛노란 비옷을 입은 엄마가 숲속을 걷고 있었고 나는 엄마 등에 메는 의자에 앉아 있었다. 나는 빨간 딸기 모양 모자를 쓰고 있었다. 우리 모두 양 볼이 분홍빛이었고 엄마는 행복해 보였다. 그 사진 밑에는 엄마 글씨로 '나와 사샤(30개월)의 버섯 따기'라고 적혀 있었다. 사진을 좀 더 자세히 보니 내 손에는 아주 작은 칸타렐 버섯이 들려 있었다.

"넌 숲을 정말 좋아했어. 저 등에 메는 의자에 앉아 있는 것도 좋아했지. 그럼 아주 평화로워졌어." 아빠가 말했다.

"그랬어요?"

난 아빠를 봤다. 아빠는 며칠 면도를 안 해서 짧은 턱수염이 생겼다. 마음에 들었다.

"그럼! 평소에는 아주 활발했지. 그리고 엄마랑 아빠가 책 읽어 주는 걸 너무 좋아하고 나중엔 스스로 읽는 것도 정말 좋아했어. 그러면 차분해졌어. 너는 엄마처럼 호기심 많고, 똑똑하고, 고집 세고, 재치 있어. 네 코미디에 대한 재능, 그건 어쨌든 나한테서 받은 건 아니잖아. 내가 아무리 그랬으면 한다고 해도 말이야."

아빠는 웃었다.

"엄마가 초특급 유머 감각을 가진 사람들에 대해 이야기하던 것 기억나? 뼛속부터 웃기는 그런 사람들 말이야. 엄마가

마지막 해에 너무 우울해했기 때문에 잊곤 하지만 사실 엄마
는 내가 평생 만난 사람들 중에 가장 재미있는 사람이었어. 아
빠가 엄마를 사랑하게 된 이유 중 하나였지. 엄마는 진짜 초특
급 유머 감각을 가지고 있었어. 바로 너처럼 말이야."

난 더 이상 해달들을 볼 수가 없었다. 내 눈이 뜨겁고 짠 눈
물로 흐려져 버렸기 때문이다.

웃으라고 하지 마!

말하기 너무 어려워서 발음하는 것이 불가능한 것들이 있다. 목 안의 덩어리가 말을 막는다. 난 침을 삼키고 또 삼켰다. 린 선생님을 보았다. 그녀는 파란 의자에 등을 대고 앉아 있다. 오늘은 뒷발로 서 있는 화난 곰이 그려진 티셔츠를 입고 있다. 곰의 입에서는 '웃으라고 하지 마!'라고 쓰여진 말풍선이 나오고 있다.

"가끔 말하기 어려워서 글로 적어야 될 때가 있어." 내 생각을 읽기라도 한 듯 선생님이 말했다.

선생님은 탁자 위의 공책을 내 쪽으로 밀었다. 나는 천천히 공책을 폈다. 침을 꼴깍 삼켰다. 선생님은 내게 오렌지색 펜을 건넸다.

펜 뚜껑을 열고 썼다.

가끔 엄마가 자살한 것이 내 잘못이라는 생각이 들어요.

난 잠시 망설여졌지만 공책과 펜을 선생님 쪽으로 밀었다. 선생님은 공책의 글을 읽고 나를 보았다. 그녀의 이마에 주름이 졌다. 선생님도 공책에 뭔가를 적더니 내게 건넸다.

어떻게 그게 네 잘못이라는 거지?

모르겠어요.

선생님에게 다시 공책을 주었다. 펜이 바닥에 떨어져 탁자 아래로 굴러갔다.

"내가 말해도 될까?" 그녀가 말했다.

난 고개를 끄덕였다. 선생님이 나를 보는 게 느껴지는데 난 그녀와 눈을 마주칠 수 없었다. 펜이 놓여 있는 바닥을 내려다보았다.

"왜 그게 네 잘못이라고 생각하니? 사샤?"

선생님이 다시 공책을 내게 건네주어서 내 무릎에 그냥 올려두었다. 나는 기어들어가는 목소리로 말했다.

"잘 모르겠지만…… 한번은 엄마가 죽는 게 낫겠다고 생각한 적이 있어요. 엄마가 아주 오랫동안 슬퍼하고 있어서 그때…… 엄마는 날마다 울었어요. 엄마가 우는 걸 더 이상 참을 수가 없었어요. 화가 났어요. 엄마가 이불 속에만 있는 걸 참을 수 없었어요. 엄마가 머리도 안 감고 누워만 있어서 집에 친구를 데려가기도 싫었어요. 엄마가 너무 부끄러웠거든요. 그래서 그런 생각을 했는데…… 엄마가 죽어서…… 나 때문에…….”

목 안의 덩어리가 이제는 너무 커져 버렸다. 난 침을 삼키고 또 삼켰다. 이젠 말을 할 수가 없을 것 같았다. 난 바닥의 펜을 응시했다. 탁자 아래서 강한 빛을 내고 있는 것 같았다. 오렌지색. 오렌지색. 오렌지색.

“내가 그래서…… 그런 생각을 해서…… 엄마가 그런 게 아닌가…….”

난 린 선생님을 올려다보았다. 그녀의 눈은 커다랬고 눈빛은 부드러웠다.

“사샤, 내가 장담하는데 엄마가 자살하신 건 네 잘못이 아니야. 내가 알아. 백 퍼센트 장담해. 넌 엄마가 살기를 원했어, 네 엄마는 너를 사랑하셨고. 그건 잘 알지?”

“그걸 선생님이 어떻게 아세요? 우리 엄마를 모르잖아요.”

목소리가 떨렸지만 난 강하게 말했다. 저 아래 있는 부서질 것 같은 뭔가를 내놓고 싶지 않았다.

“그래도 알아. 네 아빠와도 이야기해 봤잖니. 아빠는 엄마를 잘 아시잖아, 그렇지? 엄마는 너를 정말 많이 사랑하셨어, 사샤. 내 말 듣고 있지?”

“그렇게 많이는 아니죠. 난 엄마가 계속 살아가야 할 이유가 되지는 못했으니까요.”

난 거의 안 들릴 정도로 속삭였다. 선생님은 근심이 가득한 표정이었다. 깊이 숨을 들이쉬고는 긴 한숨을 내쉬었다.

"착한 사샤, 엄마는 네가 있어서 살고 싶어 하셨어. 나중에는 그럴 수가 없었지만. 엄마는 아프셨잖아. 우울증. 가끔 사람들은 삶을 견뎌 내지 못하는 거야. 네 엄마가 그랬어. 가슴 아프고 너무나 슬픈 일이지만."

난 창문 밖을 보았다. 하늘이 하앴다. 회색도 파란색도 아닌 솜털이 보송보송한 하얀색이었다. 난 위아래 입술을 서로 꽉 눌렀다. 볼 안쪽의 매끄러운 살 부분을 무언가가 부서질 때까지 꽉 깨물었다. 입 안에서 피 맛이 났다. 몸이 너무 무거워서 납으로 만들어진 것 같았다.

"그래도…… 내가 뭔가…… 했어야 한다고 생각해요."

선생님은 잠시 가만히 앉아 있었다. 탁자 위 알람시계의 빨간 초침이 불안하게 움직였다.

선생님은 의자에서 앞으로 몸을 기울여 나를 강렬한 눈빛으로 바라보았다.

"전에 인터넷에서 어떤 글을 읽었는데, 네 엄마가 어떠셨는지 난 모르지만, 그래도 네 엄마 생각이 났어. 한 남자가 우울증을 앓을 때 자신이 얼마나 비참했는지에 대해 글을 쓴 거야. 너무 힘들었고 너무 슬프고 우울했었다고. 살고 싶지 않았다고. 자동차 사고를 당한 것 같은 느낌이었다고. 온종일, 사고 난 자동차 속에 있는 것 같았다고. 사람은 그런 긴급하고 끔찍한 상황에 처했을 때 다른 건 생각할 수 없다고 했어. 그렇지 않겠니? 아름다운 기억, 주변의 좋은 사람들, 자신이 좋아하는 것, 나중에 하고 싶은 것…… 이런 건 전혀 생각할 수 없게 된대. 그저 그 끔찍한 사고 현장에 놓여 있는 것 말고는 아무것도 볼 수 없고, 느낄 수 없고, 할 수 없다고 하더라. 뭔가 해 보려고 하지만, 그게 마음대로 되지 않는 거야. 끔찍한 사고를 당했을 때 벗어나려고 노력해도 벗어날 수 없다면 누구든 어떻게 해야 할지 모르지 않겠어? 교통사고를 당했을 때처럼 극심한 고통을 느끼면서 말이야. 단지 우울증은 그 고통이 신체가 아니라 마음에 있는 거지. 머릿속에, 가슴 안에, 감정과 생각들 안에 말이야. 그럴 땐 전문적인 도움이 필요해. 심리학자, 상담사, 정신과 의사를 만나고, 약도 먹어야 하고, 병원에도 입원해야 하고, 사고 현장의 그 상황을 머릿속에서 밀어내야 해. 알겠니, 사샤? 정신과 의사도 하지 못한 것을 네가 어떻게 할 수 있었겠니? 넌 아이잖아. 신이 아니야."

"하지만 엄마의 딸이었죠."

"넌 지금도 엄마의 딸이야. 그녀는 여전히 네 엄마고."

"아니요, 엄마는 없어요."

눈 뒤의 눈물들이 끓고 있는 것이 느껴졌다.

"엄마는 지금도 네 안에 계셔."

그녀는 일어서서 내 앞에 쭈그리고 앉았다. 그녀는 내 손을 잡고 내 가슴에 얹었다. 심장이 있는 그곳에.

"거기 엄마가 계셔. 모든 순간을 공유하고 있는 거야. 네 몸이 모든 기억, 네가 하는 모든 포옹을 기억해. 네 뇌가 그걸 기억해. 네 몸 속에 저장되는 거야. 네 심장에 엄마가 살아 계셔."

내가 순식간에 일어서는 바람에 선생님이 뒤로 넘어져 엉덩방아를 찧었다. 난 곧장 눈물이 흘러내리는 것을 막기 위해 바닥에 누웠다. 참 이상하게 보이겠지만 상관없었다. 아빠 앞에서 우는 건 그렇다 쳐도 여기서는 그럴 수 없다. 아동 정신과에서, 의사 앞에서는 안 된다.

"어머, 무슨 일이야?"

선생님은 깜짝 놀랐다. 난 천장을 똑바로 바라보았다. 눈을 깜빡이면 눈물이 흘러내릴 테니 눈을 깜빡이면 안 된다.

"왜 거기 누운 거니?"

선생님은 내 옆으로 와 앉았다. 그리고 내 머리를 조심히 쓰다듬었다. 나는 코를 훌쩍였다.

"울고 싶지 않아요. 엄마처럼 하루 종일 울고 싶지 않아요."

"그랬구나. 울거나 슬퍼하는 건 위험한 게 아니야. 위험한 건 그런 슬픈 생각과 감정을 혼자만 가지고 있는 거야. 그러면 자신의 문제가 절대 해결될 것 같지 않고, 늘 기분이 안 좋을 것 같고, 이 세상에 혼자인 것 같이 느껴지거든."

"그렇지만 전 선생님이 제가 우울하거나 정신적으로 문제가 있다고 생각하는 게 싫어요. 난 그냥 정상이고 싶다고요."

"우리 사샤, 넌 정신적으로 문제가 있지 않아! 내가 널 그렇게 본다고 생각한 거야? 네가 우는 게 왜 이상해? 넌 그냥 슬픈 거잖아. 엄마가 그리운 거잖아. 엄마를 그리워하는 거잖아."

그러자 갑자기 눈에서 눈물이 쏟아지더니 뺨을 타고 흘러내렸다. 귀 안으로도 흘러내리고 먼지투성이인 바닥에까지 흘러내려 눈물 자국을 만들었다.

난 옆으로 돌아누워서 작은 공처럼 몸을 웅크렸다. 나는 흐느끼면서 말했다.

"다시는 엄마라고 부를 사람이 없잖아요."

작은 강아지가 울부짖는 것 같은, 내 목구멍에서 한 번도 들어보지 못한 소리가 흘러나왔고 내 온몸이 흔들리는 것이 느껴졌다. 선생님은 내 어깨에 팔을 두르고 그 먼지투성이인 바닥에서 나를 끌어안았다. 몸이 너무 많이 흔들려서 누군가가 내 몸을 흔드는 것 같았다. 난 얼굴을 선생님의 어깨에 세게, 더 세게 눌렀다. 얼굴이 아파왔지만 그냥 그렇게 아프게 얼굴을 묻었다. 온몸이 떨리고, 눈물이 흐르고 흐르는 동안 시간이 얼마나 흘렀을까? 선생님이 말했다.

"그래, 그래, 그래, 우리 착한 사샤. 괜찮아, 계속 울어도 돼. 울어, 사샤."

잠시 후, 울부짖음이 잠잠해졌다. 그리고 또 잠시 후, 몸이 흔들리는 것도 약해졌다. 난 딸꾹질하듯 숨을 쉬고, 코를 훌쩍거렸다. 그리고 잠시 후 눈물이 멈춘 것 같았다.

내 안이 텅 비고 고요해졌다. 목 안에는 더 이상 덩어리가 없었다. 눈물이 다 씻어 낸 것 같았다. 덩어리가 완전히 사라졌다. 선생님은 내 머리를 쓰다듬었고 모든 것이 조용하고 고요해졌다. 난 몸을 일으켜 앉았다. 선생님도 의자에 올라가 앉았다. 선생님도 운 것 같았다. 그녀의 회색 티셔츠 어깨 부분이 내 눈물로 젖어 커다란 얼룩이 생겼다. 나무 같은 형상이었다. 커다란 구름 같은, 뭉실뭉실한 나뭇잎 같은 모습이었다. 숲을 사랑했던 엄마 생각이 났다.

"죄송해요." 난 얼룩을 가리키며 말했다.

"무슨, 괜찮아!"

그녀는 화장지를 내게 건넸고 하나를 빼서 눈물을 닦았다. 선생님도 화장지 한 장을 뽑아 눈가를 닦았다.

"눈물이 체액 중에 가장 깨끗하잖아." 선생님이 말했다.

"그래요?" 내가 말했다.

"그럼, 생각해 봐. 땀, 피, 오줌, 콧물. 눈물이 제일 깨끗하지?"

"그렇다면 선생님 어깨에 처음에 생각한 것처럼 오줌을 안 싼 게 천만다행이네요." 내가 말했다.

선생님이 큭 하고 웃었다. 꽤 큰 소리가 났다. 코 사이로 공기가 나갔다. 그러자 나도 큭 하고 따라 웃었다. 선생님의 눈을 보자 웃음이 나오는 걸 참고 있는 게 보였다.

선생님은 실눈을 뜨고는 어깨를 완전히 올리고 있었다. 난 내 안에서 키득거리는 소리가 점점 자라나는 것을 느꼈다. 갑자기, 그리고 정확히 동시에 우리는 웃음을 터뜨렸다. 큰 소리로 웃고 또 웃었다. 곧 그치는가 싶더니 서로의 눈이 마주치고 다시 한바탕 크게 웃었다. 정신을 차리기까지 몇 분이 걸린 것 같다.

"정말이지 사샤, 넌 너무 웃겨!"

"정말요? 그렇게 생각하세요?"

선생님의 칭찬에 볼이 뜨거워졌다.

"그럼! 참 순발력 있고, 재치 있고, 아주 똑똑해."

"저 스탠드 업 코미디언이 될 거예요. 제가 말했나요?"

"아니! 전혀! 네가 얼마나 합창단 노래를 좋아하는지만 말했었지……."

"그건…… 그냥 한 말이에요." 난 겸연쩍게 웃었다.

"나도 그런 것 같았어." 선생님은 놀리듯 내 옆구리를 살짝 찔렀다.

"다음번에 만날 때 제가 짠 개그 보여 드릴까요? 3분밖에 안 걸려요."

"어. 완전 좋아!"

선생님은 나를 외투 보관실까지 따라 나와서 작별의 포옹을 했다. 나는 문을 나서려다가 멈추었다. 한 가지 물어봐야만 했기 때문이다.

"그런데, 선생님."

"응?"

"아까 울었어요?"

"어, 그랬어."

"환자들과 같이 울곤 하세요?"

"매번 그러지는 않지만, 뭔가 마음이 통하면 눈물이 날 수 있지. 바닥에 누워서 같이 우는 경우는 거의 없지만."

선생님이 미소를 지었다. 나도 미소를 지었다.

"제가 울어서 난처했어요?" 난 조심스럽게 물었다.

"아니, 사실 감동스러웠어."

"다행이네요."

"다음에는 바닥에 누워서 기분도 전환할 겸 웃는 걸로 해요." 내가 말했다.

"조금씩 둘 다 하지 뭐!" 선생님의 말에 난 고개를 끄덕였다.

나를
집에 데려가 줘

5월의 어느 토요일 아침, 아빠가 블라인드를 걷는 바람에 잠에서 깼다. 태양빛이 내 눈을 레이저 검처럼 찔렀다.

"안 돼! 다시 내려요!" 내가 소리 질렀다.

난 좌우로 구르며 머리 위로 이불을 덮어썼다. 난 너무나도 피곤했다.

"사샤, 우리 딸. 우리 오늘 야외로 드라이브 갈 거야. 시골로 말이야."

"사양할게요."

"안 돼. 아빠가 차도 빌렸단 말이야."

아빠는 침대 위에 앉아서 이불을 걷고 내 목에 간지럼을 태웠다.

"왜요? 난 시내가 좋은데."

"소풍 준비했어. 신선하고 달콤한 망고 주스랑 할머니가 구운 시나몬 번, 땅콩버터랑 딸기잼을 바른 샌드위치도! 어때? 군침 돌지 않아? 어? 어?"

아빠는 팔 밑에도 간지럼을 태워서 난 안간힘을 쓰다 어쩔 수 없이 웃음을 터뜨렸다.

"그냥 집에서 먹으면 안 돼요? 베란다에서?"

"사샤! 베란다가 밖이야? 밖으로 좀 나가서 나무들도 보면 좋지 않겠어? 숲에서 산책도 하고, 근사한 데 찾아서 소풍도 가고!"

리스트 6번, 산책 피하기, 숲 피하기.

린 선생님이 리스트는 이제 신경 쓰지 말고 엄마와 상관없이 내가 원하는 걸 찾아보라고 말했지만 리스트 생각이 나는 건 어쩔 수 없었다.

난 일어나 앉아서 크게 하품을 하고 시계를 보았다.

"아빠! 다스 베이더가 8시밖에 안 됐다고요! 오늘은 토요일이고!"

"그럼 브리스[19]에 신고하던가! 빨리 옷 입어!"

---

19 학대받거나 힘들어 하는 아동에게 도움을 주기 위한 단체.

한 시간 후, 나는 조금 짜증스럽게 조수석에 앉아 있었다. 아빠는 좋아서 노래를, 아니 고함을 지르고 있었다. 참고로 람슈타인[20]의 노래였다.

예전에, 우리가 셋일 때는 셋이서 돌아가면서 노래를 선택할 수 있었는데, 지금은 둘이서 돌아가면서 선택했다.

어떤 다리를 건너가는데 이정표에는 '여왕의 정원'이라고 적혀 있었다. 그 순간 나는 엄청나게 크고 밝은 노란색 성이 왼쪽에서 나타나는 것을 보았다. 그 모습이 물에 비쳤다. 한 흰색 증기선이 미친 듯이 연기를 푹푹 뿜으며 천천히 선창 쪽으로 가고 있었다. 굴뚝으로 회색 연기가 나왔다. 람슈타인의 노래가 끝나자 나는 〈Take Me Home, Country Roads〉를 틀었다. 엄마가 좋아했던 노래다. 엄마는 이 노래를 자주 선곡했었다. 아빠는 내게 시선을 보냈다. 난 방금 아빠가 한 것처럼 노래를 따라 부르지는 않았지만 머릿속에 엄마의 목소리가 들렸다.

Almost heaven, West Virginia

(낙원과도 같은 웨스트버지니아)

Blue Ridge Mountains, Shenandoah River

(블루 리지 산맥과 셰넌도어 강)

---

20 독일의 인더스트리얼 메탈 밴드.

Life is old there, older than the trees

(그곳의 삶은 나무들보다 오래되었고)

Younger than the mountains, blowing like a breeze

(산보다는 어리고 산들바람처럼 불어 와요)

Country Roads, take me home

(시골길이여, 나를 집으로 데려가 줘요)

To the place I belong

(내가 있어야 할 그곳으로)

우리는 성을 지나고, 작은 숲도 지나고, 말들이 풀을 뜯고 있는 목장도 지나고, 시골길도 지났다. 아빠는 계속해서 운전했다. 난 사실 차를 타는 것을 좋아한다. 평생 이렇게 아빠 옆에 앉아 있으라 해도 할 수 있을 것 같다. 우리는 앞으로 쭉쭉 달리다가 갑자기 작은 길에서 꺾어 들어갔다. 표지판에 '검은 호수'라고 적혀 있는 것이 보였다. 처음에는 아스팔트 길이었다가 조금 지나자 비포장도로가 나왔다. 차가 덜커덩거렸다.

우리는 커다란 빨간 집 앞에 도착했다. 난 어리둥절해서 아빠를 쳐다보았다.

"여기서 뭐하는데요?"

"누구 좀 만나러 왔어……." 아빠는 뭔가 수상쩍게 말했다.

난 이마를 찡그렸다. 난 서프라이즈를 좋아하지 않는다.

심장에
강아지 어택

빨간 집에서 조금 떨어진 잔디밭에는 울타리가 쳐진 커다란 개 농장이 있었다. 그곳에는 작고, 새까맣고, 캐러멜색의 얼룩무늬를 가진 코커스패니얼 강아지들이 이리저리 뛰어 다니며 짖어 대거나 아니면 싸우고 있었다. 작은 입, 작은 이빨, 서로 귀를 물고, 젖을 먹으려 엄마 밑으로 기어 들어가려고 밀고 당기느라 엄청 소란스러웠다. 엄마 개는 완전히 기진맥진하여 누워 있었다. 한 검정 강아지는 캐러멜색의 통통한 강아지 위에 누워서 작은 강아지 더미를 만들고 있었다. 난 강아지들을 세어 보려고 했지만 너무 많고 이리저리 정신없이 뛰어다녀서 쉽지 않았다. 아마 일고여덟 마리 정도 되는 것 같았다.

내가 어떻게 발걸음을 옮겼는지 잘 모르겠다. 난 나도 모르는 사이에 어느새 울타리 바로 앞에 와 있었다. 내가 스스로 발을 한 걸음 두 걸음 뗀 것이 분명한데 난 전혀 인지하지 못했다. 그저 내 앞에 보이는 강아지들이 무지막지하게 귀여워서 심장 어택을 당하는 것 같았다.

난 그들을 자세히 보려고 울타리 앞에 무릎을 꿇고 앉았다. 심장에 부드럽고 따뜻한 전류가 흐르는 것 같았다. 솜털처럼 편안하게 누워 있는 보들보들한 것들. 캐러멜색 강아지가 자기 위에 누워 있는 형제에게서 벗어나려고 낑낑대며 몇 센티미터를 기어가 보았지만 그 검정 강아지는 무거운 강아지 모양의 가방처럼 그대로 누워 있었다. 최후의 수단으로 캐러멜색 강아지가 검정 강아지의 귀를 물었고 검정 강아지는 놀라 울부짖었다. 그리고 형제의 등 위에서 내려왔다. 마침내 자유로운 몸이 된 캐러멜색 강아지가 작은 혀를 입 밖으로 내밀고는 내게로 달려왔다. 캐러멜색 강아지는 작고 둥근 코를 울타리에 쳐진 와이어 밖으로 내밀고는 내 손에 갖다 댔다. 코는 축축했고 조금 차가웠다. 강아지가 갑자기 내 엄지손가락을 작고 뾰족한 이빨로 살짝 물었다.

"아이 참, 처음 만난 사람을 무는 거야? 그래도 돼?"

내 목소리는 시럽처럼 달콤했다. 평소에 난 전혀 그런 목소리가 아닌데 말이다. 한 번도 이런 소리를 낸 적이 없었는데. 강아지는 손가락을 놓아 주고는 갈색의 동그란 눈으로 나를 졸린 듯 바라보다가 머리를 한쪽으로 돌렸다. 강아지는 코를 빼려고 했지만 그만 와이어에 걸려 버렸다. 그리고 어떻게 물러날지 몰라 낑낑거렸다. 지금까지 내가 본 것 중에 가장 귀여운 고민거리였다.

"귀여운 강아지야, 그냥 뒤로 가렴. 그러면 돼." 난 웃으며 말했다.

강아지는 마침내 코를 빼내고는 기뻐서 꼬리를 흔들며 뛰고 돌았다. 얼마나 빨리 도는지 달려 있는 귀가 위로 솟고, 꼬리는 종일 앞뒤로 흔들렸다. 강아지가 곧 멈추더니 나를 보았다. 그리고 작게 낑낑거렸다. 뭔가를 원하는 것 같았다.

아빠가 내 옆에 와 쭈그리고 앉았다.

"뭐 달라고 저러죠? 배고픈 걸까요?" 내가 물었다.

"인사하고 싶어서 그러는 거 아닐까?" 아빠가 말했다.

그때 한 여자가 빨간 집에서 나왔다. 그녀는 무릎에 커다란 구멍이 있는 밝은색의 해진 청바지를 입고 검은색 머리는 하나로 묶어 올렸다. 비가 오지 않는데도 커다란 고무장화를 신고 있었다.

"안녕하세요? 이미 인사 나누셨어요?"

"아, 네. 우리끼리 바로 농장으로 들어와서 죄송해요." 아빠가 일어서며 말했다. "그쪽으로 가서 노크하고 들어왔어야 했는데."

그 여자는 손을 저으며 괜찮다는 표시를 했다.

그 여자와 아빠는 서로 악수를 했다.

"아니타예요."

"아베, 아. 알베르트입니다."

나는 앉은 채로 아니타를 올려다보았다. 캐러멜색 강아지가 작은 선홍색 혀로 내 손을 핥기 시작했기 때문이다. 그게 너무 좋아서 일어날 수가 없어서 그냥 "안녕하세요."라고만 말했다. 아니타는 내 어깨에 손을 올리며 말했다.

"어머! 둘이 벌써 만났구나!"

나는 어리둥절해서 그녀를 보았다.

"바로 저 강아지가 아빠가 예약하신 강아지야. 다음 주말에 데려다 줄 참이었어. 우리는 저 녀석을 말랑말랑한 캐러멜을 닮아서 퍼지라고 부르는데 네가 보기에도 부드러운 캐러멜 같지 않아? 색깔이랑……."

"아빠, 나 개 안 키운다고……."

난 멈췄다. 말을 끝내지 못했다. 강아지 농장을 봤을 때 알았어야 했다. 그런데도 그 생각을 못 했다니. 퍼지라고? 내 강아지가 될 거라고? 내 침대 밑에 깊숙이 밀어 넣어 두었던 작은 상자 안에 있는 사진의 그 강아지라고? 아빠는 내 말을 못 들은 척했다. 검정 강아지가 물어 올 수 있게 작은 막대기 하나를 울타리 와이어 사이로 밀어 넣느라 바빴다.

"여기 있는 강아지들은 다 맛있는 과자 이름이에요. 여기 퍼지의 왈가닥 누나는 라크리스[21]라고 하고요."

조금 전에 퍼지 위에 누워 있던 검정 강아지를 가리키며 그녀가 말했다. 녀석은 지금 아빠가 준 막대기를 신나게 물어뜯고 있었다.

"저기 물통 옆에 있는 녀석은 누가이고, 어두운 갈색은 스니커즈, 또 둠레, 얍, 크로칸트도 있어요. 그리고…… 항상 숨는 녀석인데……."

그때 갑자기 검정 배와 검정 등, 갈색 다리와 갈색 코를 한 작은 강아지가 엄마 개의 다리 아래에서 기어 나왔다. 엄마 개는 졸린 듯 강아지를 내려다보더니 코로 다정하게 그 강아지를 밀었다.

"저기 있네요! 민트라고 해요!"

아빠와 나는 서로를 바라보고는 크게 웃었다.

"초콜릿 이름은 이제 다 떨어졌어요." 아니타가 말했다. "잠시만 기다려요, 제대로 인사할 수 있게 퍼지를 데려올게요."

아니타는 울타리를 돌아가서 문을 열었다. 강아지들이 신이 나서 그녀에게 몰려들었다. 서로에게 걸려 밀치고 넘어졌다. 아니타가 조심스럽게 앉았다.

---

21 감초로 만든 스웨덴에서 많이 먹는 젤리 류의 과자.

"우리 가엾은 틸다가 너무 지쳤네!" 아니타는 엄마 개를 쓰다듬으며 말했다.

여덟 마리 새끼라니! 여덟 마리 새끼를 돌본다니! 양육을 함께할 남편도 없이!

아니타는 아빠에게 윙크했다. 아빠는 모르는 듯 했지만 아빠와 틸다는 남들이 생각하는 것보다 더 많은 공통점을 가지고 있다. 물론 내가 일곱 형제가 있는 건 아니지만 말이다.

"강아지들 아빠는 어디 갔어요?" 내가 물었다.

"아빠는 원래 있던 스몰랜드로 돌아갔어."

난 강아지들의 아빠가 살아 있다는 사실에 안도의 한숨을 내쉬었다. 그러고 보면 좀 이상한 생각이다. 왜 강아지들 아빠가 죽었다고 생각했을까?

아니타는 놀란 듯한 퍼지를 들어서 울타리 너머 나에게 주었다. 난 일어서서 퍼지를 받아 안았다. 퍼지는 살짝 뛰어오르고, 몸을 돌리려 했다. 퍼지의 털이 내 손가락 사이로 느껴졌는데 너무나도 보송보송하고 부드러웠다. 그 녀석은 내 겨드랑이에 코를 누르더니 재채기를 했다! 한 번, 두 번, 세 번이나! 그리고는 머리를 흔들어서 귀가 펄럭거렸다. 난 소리 내어 웃었고 아빠와 시선이 마주쳤다. 아빠는 미소 짓고 있었다.

갑자기 퍼지가 잠잠해졌다. 강아지가 살짝 몸을 비비자 그 작은 몸이 내 가슴에 따뜻한 온기를 전달했다. 퍼지는 그 아름다운 황갈색 눈으로 나를 올려다보더니 내 입술과 코끝을 핥았다.

그러자 내 가슴 안에서 반짝이는 무지갯빛 탄산 방울이 터져 나오기 시작했다. 그리고 위로, 위로 올라갔다. 그 탄산 방울은 내 심장과 뇌에 가 닿으며 터졌다. 하나 둘 터지면서 작고 가벼운 펑펑 소리를 냈다. 그 안에 사랑이 있었다. 가장 따뜻하고 가장 깨끗한 형태의 사랑이 있었다.

퍼지

집으로 돌아오는 차 안에서 나는 아무 말 없이 가만히 있었다. 차창 밖으로 세상이 지나쳐 날아가고 있었다. 나무, 강, 집……. 두 눈을 뜨고 밖을 응시하고 있었지만 아무것도 눈에 들어오지 않았다. 내 머릿속에는 생각들이 은빛 핀볼처럼 이리저리 튕기고 있었다.

정말로 내 리스트를 포기할 수 있을까? 정말로 리스트 2번을 무시할 수 있을까? 어쩌면 가장 중요한 항목일 텐데? 리스트 2, 살아 있는 것 키우지 말기.

내가 퍼지를 키우고 싶지 않아서가 아니다. 이 우주 전체를 통틀어도 그것보다 더 하고 싶은 일을 찾을 수는 없을 것이다.

그렇지만 내가 실패할까 봐 너무나 무서웠다. 내가 잘 돌보지 못하면 어쩌지? 어떻게 해야 하는지 몰라 허둥댄다면 어쩌지? 내가 강아지를 아프게라도 한다면? 슬프게라도 한다면? 만약 그렇게 된다면 난 계속해서 퍼지를 키울 수 없을 것이다. 그러면 퍼지는 혼자가 되고 버려지는 것이다.

하지만 매일 아침 내 발 옆에 작고 따스한 퍼지를 느끼며 일어날 수 있다면? 폭신폭신하고 축 처진 두 귀, 흔들리는 꼬리. 사는 게 더 즐겁지 않을까? 퍼지가 충분한 사랑을 받는다고 느끼게 해 줄 수 있지 않을까?

우리가 강아지 농장을 떠나올 때 아빠는 내가 어떤 결정을 내리든 존중하겠다고 말했다. 아빠 본인은 강아지를 키우고 싶어 한다는 게 아주 명확하게 보였지만 말이다. 퍼지와 다른 강아지들 사진을 쉰 장은 족히 찍었으니까.

"어릴 때 사진을 찍어 두는 게 아주 즐겁거든." 아빠가 말했다. "나중에 앨범을 만들 수 있으니까."

사실 나도 강아지들 사진을 몇 장 찍었다.

내 머릿속은 온통 카오스였다. 어떻게 해야 할지 잘 생각해야 한다. 이성적으로, 논리적으로 바른 답을 도출해야 한다. 난 핸드폰을 꺼냈다. 멜타한테 조언을 구해 볼까? 모르겠다. 다른 방법도 없다. 난 문자를 쓰기 시작했다.

그런데 어떻게 된 일인지 이해할 수 없지만 갑자기 옛날 문자가 나타나서 내 심장을 멈추게 했다. 엄마가 보낸 문자였다.

난 핸드폰을 뚫어져라 보았다. 왜 이게 지금 나타났지? 어떻게 된 거지? 이해가 되지 않았다. 아빠를 쳐다봤지만 아빠는 앞으로 펼쳐진 아스팔트길이 여기로 저기로 꺾이는 것을 살펴보며 운전하느라 바빴다.

아빠는 콧수염을 살짝 문지르며 혼잣말로 낮게 중얼거렸다. "그렇지…… 여기는 시골길이지?"

난 다시 핸드폰을 내려다보았다. 멜타에게 보낼 메시지를 쓰는 대신 엄마의 오래된 문자를 보고 있었다. 퍼지 생각에 정신을 빼앗겨서 너무 혼란스러웠다. 엄마의 문자는 이랬다.

사랑하는 내 딸! 오늘 수학 시험 잘 봤어? 회사 마치고 네가 제일 좋아하는 가게에 들러서 뭘 사면 네가 좋아할지 보려고 해. 1) 영국 바닐라 퍼지, 2) 바나나 땅콩 퍼지, 3) 다크 초콜릿 퍼지? 그러면 축하를 하든, 위로를 하든 할 수 있지 않을까? 어쨌거나 우린 퍼지를 먹을 거야! 무슨 퍼지든 간에! 사랑해! 엄마가♥

난 문자를 한 번, 두 번, 세 번, 스물다섯 번 읽었다. 아무리 읽어도 지겹지 않았다. 엄마가 2년 전에 보낸 거였다. 난 다른 문자도 찾아 읽었다.

오늘 아침에 엄마가 너무 심하게 말했다고 생각 안 했으면 좋겠어! 미안해! 마음이 급해서 그랬어.♥♥♥ 그리고 네 배가 걱정돼.
내일 병원에 가 보자.

사랑하는 귀염둥이! 기분 어때? 할머니 집에서 잘 지내고 있어?
강의는 재미있었어. 그래도 우리 딸이 한 천 배는 더 재미있으니
까 지금 집에 가고 있어. 강의가 딱 끝나기도 했고……. 2시 15분
쯤 데리러 갈게. 엄마는 널 하늘만큼 땅만큼 사랑해. 그리고 너~
무 보고 싶어! 맘모스 엄마가 뽀뽀, 포옹!

하하, 엄마가 네 스포티파이 계정 몰래 사용하는 거 눈치 챘어?
내가 존 덴버 노래를 편안하게 듣고 있는데 갑자기 노랫소리가 뚝
끊기는 거야! 그리고 지금 네가 무슨 노래 듣고 있는지 보여! 스파
이 엄마가 포옹!

불현듯 엄마가 여전히 내 엄마였을 때가 기억이 났다. 시험
이 어땠는지 물어보고, 내가 좋아하는 가게에 가고, 퍼지를 사
오고, 뽀뽀, 포옹, 하트를 보내는 엄마. 내 배를 걱정하고, 화를
낸 걸 사과하고, 내가 보고 싶다고 썼던 엄마. 난 깨달았다. 엄
마는 나를 돌봤다. 엄마는 최선을 다해 나를 돌봤다. 엄마가 실
패한 게 아니다. 리스트 2번은 처음부터 틀린 것이었다. 엄마는
내게 사랑과 먹을 것과 온기를 주었다. 그리고 그 이상을 주었

다. 엄마는 내가 걱정스러워했던 힘든 수학 시험이 끝난 후에 내게 퍼지를 사 주었다. 내가 기뻐할 걸 알았기 때문이다.

갑자기 나는 린 선생님이 한 말이 사실이라는 것을 깨달았다. 엄마의 사랑은 내 안에 있다. 내 가슴속에 남아 있다. 태양처럼 빛을 뿜고 있다.

그 문자를 다시 읽는데 한 문장이 갑자기 반짝였다.

어쨌거나 우린 퍼지를 먹을 거야! 무슨 퍼지든 간에!

엄마가 하늘에서 내게 대답을 해 주는 것 같았다.

"아빠, 나 결정했어요." 내가 말했다.

"그래? 어떻게 하고 싶어?" 아빠가 물었다.

"퍼지 데리고 올래요. 퍼지 키우고 싶어요."

"정말? 그게 정말이야? 오, 사샤! 아빠는 너무 기쁘다!"

"잘할 수 있을 것 같아요."

"당연하지! 당연히 사샤라면 잘할 수 있지! 우리 같이 잘할 수 있을 거야!"

그날 저녁, 나는 내 방에 앉아서 강아지 농장에서 찍어 온 퍼지의 사진을 핸드폰으로 보고 있었다. 퍼지가 가만히 있지를 않고 하도 움직여서 사진을 잘 찍기가 쉽지 않았다. 달리면서 복슬복슬한 퍼지의 귀가 하늘로 솟구친 사진, 넘어지면서 잔디밭에 코를 처박는 사진, 금방 일어나서 누나인 라크리스에게로 돌진하는 사진. 사진을 보는 동안 퍼지가 너무 귀엽고 웃기고 왈가닥이어서 큰 소리로 웃었다. 내가 찍은 열 장의 사진 중 아홉 장은 다 흐릿했다. 제대로 된 사진 하나는 퍼지가 잔디밭에 앉아서 아름다운 황갈색 눈으로 카메라를 똑바로 보고 있는 사진뿐이었다. 코는 귀엽고 둥글었으며 찌그러진 공 같았다. 머리 위의 털은 조금 더 밝은 바닐라 퍼지 색깔이고 귀와 발은 캐러멜 색깔에 가까웠다. 난 그 사진을 문자와 함께 보내기 위해 클릭하고 거기에 문자를 붙였다. 그리고 이렇게 썼다.

안녕, 엄마! 엄마 말이 맞아요. 우리는 당연히 퍼지를 키울 거예요! 나도 엄마를 하늘만큼 땅만큼 사랑해요. 항상 그랬어요. 언제나 그럴 거고요. 사샤가 뽀뽀, 포옹♥

난 보내기 버튼을 눌렀다.

엄마는
널 하늘만큼 땅만큼 사랑해

나는 묘지 앞에 서 있다. 묘지다. 무덤이고. 비석이 있다. 회색의 비석은 반짝반짝 빛이 난다. 거기에 엄마 이름이 금색으로 적혀 있다. 사비네 레인. 저기 엄마의 생일이 작은 별 옆에 적혀 있고 작은 십자가 옆에 엄마가 죽은 날짜가 적혀 있다. 모두 금색으로. 해가 따뜻하게 비춘다. 글자들이 햇빛에 반짝인다. 금의 원자번호는 79다. 엄마가 그렇게까지 나이를 먹었으면 좋았을 텐데 적어도 그 정도로는 말이다. 그런데 엄마는 그러지 않았다. 엄마는 서른여섯 살이었다. 그리고 오늘 5월 27일, 엄마는 서른일곱 살이 된다.

엄마는 내가 왜 엄마를 찾아오지 않는지 궁금해했겠지만

그럴 수가 없었어요. 엄마를 더 이상 만날 수 없다는 사실을 이해할 수가 없었어요. 사실은 아직도 이해하지 못해요. 어쩌면 이해하고 싶지 않은 걸까요? 여전히 가끔은 엄마가 집에 돌아올 것만 같아요. 난 엄마가 늘 그랬듯이 아이스하키 태클로 현관문을 밀고, 열쇠를 돌리고, 문을 열고 "누구 없어?" 하고 소리치길 기다려요.

가끔 엄마가 너무 보고 싶어 온몸이 아파 오면, 난 엄마의 향수를 허공에 뿌리고 침대에 누워요. 그 작고 작은 향수 방울이 내 위에 하나둘 떨어지는 동안 눈을 감고요. 그러면 마치 엄마가 내 옆에 있는 것 같거든요. 내 침대 위에 앉아서 내게 "엄마는 널 하늘만큼 땅만큼 사랑해."라고 말해 주는 거죠.

내가 뭘 가져왔는지 보세요! 보여요? 2년 전에 우리가 고트란드에 갔을 때 우리가 같이 모은 돌멩이, 화석, 조개껍데기를 담은 통이에요. 우리가 수영한 거 기억나요? 엄마가 나를 높이 들어 빙빙 돌리다가 바다에 던진 거는요? 엄마는 묶는 끈이 흰색 진주로 된 검정 비키니를 입고 있었고 나는 개가 그려진 수영복을 입고 있었고요. 지금은 물론 너무 작아져서 못 입지만요. 우리는 주로 파라솔 밑에 누워서 책을 읽었는데도 햇볕에 많이 탔어요. 아빠는 돼지 살처럼 선홍색이 됐고요. 우리가 아빠를 그걸로 놀린 거 기억나요? 이번 여름에는 혼자서 아빠를 놀리겠네요. 아빠가 바닥이 아직 축축하니깐 앉지 말라고 하는데, 그럼 어디에 앉죠?

이거 어때요? 묘지에 조개껍데기를 액자처럼 이렇게 둘러서 놓는 거 말이에요. 이 어두운 파란색 껍데기는 홍합이고 이 베이지색 나선 모양의 홈이 난 껍데기는 새조개예요. 그리고 이…… 이 모래조개는 정말 너무 예쁜 것 같아요. 둘레는 얇고, 바깥은 살굿빛이고 안쪽은 눈이 부신 흰색이에요.

이 화석들도 보세요. 이건 줄무늬가 있어요! 이건 얼룩이 있고, 또 이건 진짜 작은 동물 자국이 있어요. 꼬불꼬불한 작은 달팽이 같아요. 2년이나 잊고 있었는데, 저 아직 기억해요! '화석은 동물이나 식물이 부드러운 암석에 보존되어 자국을 남긴 것이다. 수백만 년 전의 것일 수 있다.' 이것 봐요! 거의 다 기억하지요!

이 돌멩이가 제일 아름다워요. 엄마가 바다 아주 깊은 곳에서 찾은 거잖아요. 희고, 타원형이고 매끈해요. 내가 뭐라고 썼는지 엄마가 잘 읽을 수 있을지 모르겠지만 어쨌든 빨간 매니큐어가 잘 어울린다 생각해서 썼어요. 나눈 엄마를 ♥, 다시 돌아올 때까지 라고 적었어요.

우리 여기 꽃을 심을 거예요. 이거 보여요? 여기 봉지에 쓰여 있어요. 분홍 장미, 꿩의비름, 파란 물망초. 물망초의 꽃말은 '나를 잊지 말아요.'래요. 이름이 바보 같아요.

아빠는 어디 있는지 궁금해요? 아빠는 퍼지를 데리고 교회

정원을 산책하고 있어요. 물이랑 꽃삽도 가지고 올 거예요. 생각해 보면 이상해요. 3개월 전에는 퍼지가 세상에 있는지도 몰랐는데, 지금은 퍼지가 내가 세상에서 가장 좋아하는 존재인걸요. 사실 퍼지에게는 새 이름이 생겼어요. 푸페라고요. 할머니 실수였는데, 그렇게 됐어요. 아빠가 할머니에게 전화해서 우리가 퍼지를 데려오기로 했다고 했는데, 할머니가 반쯤 고함을 지르면서 이렇게 말했거든요.

"푸페라고? 이상한 이름이구나!"

그때부터 재미로 푸페라고 불렀는데 이제는 이 이름이 입에 붙어 버렸어요. 게다가 어디서 읽었는데 개들한테는 이런 2음절의 이름이 더 좋다고 해요. 개들이 이런 이름을 더 잘 들을 수 있대요. 부르기도 더 쉽고요. 푸. 페. 요즘 개에 대한 책들을 아주 많이 읽어요. 푸페를 위해서요.

엄마 혹시 알아요? 저 얼마 전까지만 해도 책을 전혀 읽지 않았어요. 스스로 금지했거든요. 그거랑 다른 많은 것도요. 산책하고, 생각 많이 하고, 살아 있는 것 키우기…… 하지 말아야 할 일곱 가지에 대한 리스트를 만들었어요. 이상하게 들리겠지만 그때는 정말 그 방법만이 제가 살아남는 법이라 생각했어요. 지금은 아니란 걸 알았고요. 이제 다시 책을 읽기 시작하니 내가 그동안 얼마나 책 읽는 걸 그리워했는지 알겠더라고요.

책을 읽으니깐 학교에서도 숙제하는 게 훨씬 쉬워요. 유튜브에서 찾으려고 했을 때보다 말이에요. 꽤 많은 동영상들이 완전히 잘못된 정보를 보여 주고 있더라고요.

그래도 이 문제로 좀 잘 한 것도 있어요. 아빠한테 이렇게 말했어요. "아빠가 담배 끊으면, 나도 책 다시 읽을게요."

사실 이미 읽기 시작했는데 아빠한테는 말 안 한 거죠.

아빠는 잠시 생각하더니, 특별한 때만, 예를 들어 새해라든지, 생일이라든지 이럴 때만 피우면 안 되냐고 해서 그러면 나도 특별한 때만, 내 생일이랑 새해에만 책을 읽겠다고 했죠. 결국 완전히 담배 끊는 걸로 결론을 내렸죠.

푸페가 집에 온 지는 이제 2주 됐어요. 엄마도 만나면 좋아할 거예요! 푸페는 세상에서 제일로 귀여운 강아지예요. 아, 그런데 엄마, 푸페가 엄마의 검정 닥터 말텐스 신발을 다 물어뜯어 버린 거 용서해 주세요. 이빨이 많이 간지러운가 봐요. 개들도 유치가 있다는 거 아세요?

푸페는 나무를 정말 좋아해요. 엄마처럼요! 아빠가 엄마 무덤을 여기로 한 건 엄마가 이 큰 나무 아래 그늘에 누우면 좋아할 거라고 생각해서래요. 무슨 나무인지 아빠한테 물었더니 모르더라고요. 엄마는 알 것 같아요. 나도 알아볼게요.

아빠와 푸페가 곧 올 거예요. 엄마도 그럼 푸페를 만날 거예요. 내가 열두 살 생일에 푸페를 아빠한테 선물 받은 거 아세요? 정말 너무 멋진 선물이에요! 그리고 오늘은 엄마 생일이에요. 서른일곱 살. 원자번호 37은 루비듐인 거 알아요? 루비듐은 원자시계에 사용돼요. 세상의 어떤 시계보다도 시간을 더 정확하게 잴 수 있대요. 엄마는 그런 시계를 좋아했을 거예요. 엄마는 시간에 철저했으니까요. 아빠는 엄마가 시간 비관론자라고 말했어요. 엄마가 늘 불필요할 만큼 서둘러 준비했으니까요. 아빠는 시간 낙관론자 쪽이고요.

아빠가 이야기해 줬는데 첫 데이트 때 엄마는 15분 일찍 나오고 아빠는 15분 늦게 나왔다고요. 엄마가 꽤 화가 났었다고 했어요. 그래도 결국 두 분은 사랑에 빠졌고요. 나는 아마도 시간 현실론자가 아닐까요? 그게 제일 좋은 거 같아요!

재미있는 거 하나 알려 줄까요? 루비듐은 우울증을 치료하는 데 사용할 수 있대요. 엄마가 루비듐을 처방받았다면 좋았을 텐데요. 기본 원소 하나가 엄마가 먹은 그 많은 약보다 더 도움이 되었을 수도 있잖아요?

엄마, 엄마한테 이야기 안 한 게 너무 많아요! 멜타가 유튜브 채널을 시작했어요. 〈밴조 베이비!〉라고 하는데, 멜타가 제일 잘하는 밴조 노래를 연주해서 올리는 거예요. 벌써 예순아홉 명이나 가입했어요! 조회수가 117번이나 되는 비디오 클립도 있어요. 꽤 많은 사람이 밴조에 관심이 있다는 것도 멋진 것 같아요. 이렇게 되리란 걸 누가 예상이나 했겠어요? 아! 그리고 오씨 삼촌이 전자 기타를 저한테 선물해 줘서 조금씩 연주하고 있어요! 너무 재미있어요! 소리가 정말 아름다워요! 기타 이름은 '스퀘어르 제이 브이 스트라토 캐스터'라고 하고 색깔은 바다거품그린색이라고 불러요. 민트색이랑 비슷해요.

멜타가 많이 가르쳐 줬어요. 둘 다 현악기이긴 해도 밴조랑 전자 기타는 차이가 커요. 아빠는 제가 연습할 수 있는 다른 곳을 찾아야 한다고 했어요. 이웃집에서 네 명이나 내 기타 소리가 너무 크다고 항의를 했거든요. 딱 한 번 연주했을 때 말이에요. 제가 푸페의 귀를 좀 쉬게 해 주려고 베란다에 가서 정원 쪽을 보고 연주해서 더 그랬던 것 같아요. 엄청나게 울리긴 하더라고요. 음악을 감상하지 못하고 소음이라고 항의하는 이웃이라니! 솔직히 제가 너무 창의적인 게 질투가 나서 그런 것 같아요.

멜타랑 밴드를 만들려고 해요. 지금 밴드 이름을 생각 중이고요. '겁에 질린 아스파라거스'랑 '우주의 평화 개구리', 이 둘중에서 선택하려고 해요. 엄마는 뭐가 더 마음에 들어요? 어떤 사람들은 밴조랑 전자 기타가 잘 안 어울린다고 하지만 우리가 같이 연주하는 걸 못 들어서 그러는 거예요. 오씨 삼촌이 연습실을 찾아 주겠다고 했는데 내일이 될 수도 있고 2년 후가될 수도 있어요. 삼촌이 하는 일은 절대 알 수 없잖아요.

그리고 엄마, 한 가지 물어볼 게 있어요. 티라 알죠? 저를 엄청 힘들게 하는 우리 반 아이 있잖아요. 지난 주 금요일에 티라가 발명에 대해 발표하다가 크게 방귀를 뀌었어요. 정말 신기하지 않아요? 그렇게 되라는 종이쪽지를 그 애의 재킷에 넣어두었거든요. 엄마라면 하늘에서 더 재미있는 일을 많이 찾았을 거라 생각하지만 혹시 엄마가 한 거예요? 그랬다면 멋진 일을 해 준 거예요! 너무 통쾌했어요, 엄마!

엄마, 저기 오네요. 저기 보세요, 저기 언덕으로 올라오고 있어요. 푸페가 먼저 보이고 아빠가 따라오네요. 푸페 너무 귀엽죠? 저 작고 복슬복슬한 갈색 귀 좀 봐요! 저 해맑은 혀도요!

마지막으로요, 엄마! 푸페가 오기 전에 이야기할 게 있는데, 저 스탠드 업 코미디언이 됐어요! 놀랍지 않아요? 그 리스트로 이룬 것 중에 제일 괜찮은 거예요. 다음에 올 때는 제가 생각한 것 중에 가장 재미있는 개그 몇 개를 엄마한테 보여 줄게요. 엄마가 내가 초특급 유머 감각을 가졌다고 생각하면 좋겠어요. 오늘이 엄마 생일인데, 그리고 난 코미디 퀸이고! 그냥 오늘 보여 줄까요? 어때요?

자, 여러분. 사샤 레인에게 큰 박수를 보내 주세요!